KUWEI
酷威文化
图书 影视

面纱

[英]

威廉 · 萨默塞特 · 毛姆

著

方华文 译

THE PAINTED VEIL

江苏凤凰文艺出版社
JIANGSU PHOENIX LITERATURE AND ART PUBLISHING

别揭开那些

芸芸众生称之为生活的华丽面纱。

目录

CONTENTS

Preface

译序

威廉·萨默塞特·毛姆（William Somerset Maugham）是英国小说家、戏剧家，1874年1月25日生于巴黎。其父是律师，当时在英国驻法使馆供职。小毛姆不满十岁时，父母就先后去世，他随即被送回英国由伯父抚养。毛姆进入坎特伯雷皇家公学之后，由于身材矮小且严重口吃，经常受到其他孩子的欺凌和折磨。孤寂凄凉的童年生活在他稚嫩的心灵上投下了痛苦的阴影，对他的世界观和文学创作产生了重要的影响，在毛姆此后创作的多篇著作中无不显示出他对人生、艺术、信仰的深刻剖析。

1892年初，他去德国海德堡大学学习了一年。在那儿，他接触到德国哲学史家昆诺·费希尔的哲学思想和以易卜生为代表的新戏剧潮流。同年返回英国，在伦敦一家会计师事务所当了六个星期的实习生，随后进伦敦圣托马斯医学院学医。为期五年的习医生涯，不仅使他有机会了解到底层人民的生活状况，而且使他学会了用解剖刀一样冷峻、犀利的目光来剖视人生和社会。在他的一生中，对他影响最大的就是学医经历、法国文化和海外旅游。他推崇法国文化，从法国自然主义大师，尤其是从莫泊桑那儿学到了别具一格的创作技巧。他承认："法国给了我教育，教我学会了珍视美与荣誉，也教会了我写作。"广泛的海外旅行丰富了他的写作。每到一处，他就在笔记本中记下他对当地景色和人物的印象，写下对故事的初步构思。国际社会是他小说及剧本的主要背景——他的作品既有对旖旎的南洋风光的描写，又不乏东方的浪漫情调。他在轮船上、俱乐部里以及农庄里观察各种奇闻逸事，用敏锐的目光捕捉有趣的情节，用简练、准确的笔法塑造出形形色色的殖民官员、商人、冒险者、种植园主、土著居民、赌徒和妓女的形象。对于文学的社会批判功能，他并不感兴趣，认为作家不应该在戏剧和小说中灌输自己的思想。他认为，艺术的目的在于娱乐，当然也可以有教育作用，但是文学如果不能为人提供娱乐，便不是真正的艺术。因此，他更关心的不是内容的深化，而是情节的冲突。他执意寻求人生的曲折离奇，擅长故布疑阵、巧设悬念，热衷于描述各种山穷水尽的困境和柳暗花明的意外结局。

毛姆一生创作了至少四部长篇小说、一百五十多篇短篇小说、三十多个剧本，还写了不少游记与自传性质的书。尽管他自称是“较好的二流作家”，但文学界却公认他是二十世纪英国小说界为数不多的几个最优秀的雅俗共赏的作家之一。他的作品虽然并未受到学术评论界的青睐，但在全世界广为流传，而且口碑相当好，因为他写的是“真实的人生”，写的是他自己的生活。他曾在一次记者招待会上说：“任何有理智、有头脑的作家都写自己的经历，因为唯有写自己的经历他才最有权威性。”

第一次世界大战期间，毛姆先在比利时火线救护伤员，后入英国情报部门工作，在日内瓦收集敌情，随即又出使俄国，劝阻俄国退出战争，与俄国临时政府首脑克伦斯基有过接触。这一段间谍与密使的生活，后来写进了间谍小说《艾兴顿》中。1916 年，毛姆去南太平洋旅行，此后多次到远东。1919 年，长篇小说《月亮和六便士》问世。1920 年到中国，写了游记《在中国的屏风上》并以中国为背景创作了长篇小说《面纱》。两次世界大战的间隙是毛姆创作精力最旺盛的时期，他写出了《周而复始》《比我们高贵的人们》《坚贞的妻子》《香笺泪》和《为国效劳》等一系列作品。第二次世界大战期间，毛姆到了美国，1944 年发表了长篇小说《刀锋》，深受美国青年的欢迎。1946 年，毛姆回到法国，设立了萨默塞特·毛姆奖，奖励优秀的年轻作家，鼓励并资助他们到各处旅游。毛姆晚年享有很高的声誉，英国牛津大学和法国图卢兹大学分别授予他“荣誉团骑士”称号。1954 年，他被英国女王授予“荣誉侍从”的称号，成为皇家文学会的会员。同年 1 月 25 日，英国嘉里克文学俱乐部特地设宴庆贺他的八十寿辰——在英国文学史上受到这种礼遇的，只有狄更斯、萨克雷和特罗洛普三位作家。1965 年 12 月 15 日，毛姆在法国里维埃拉去世，享年九十一岁，骨灰安葬在坎特伯雷皇家公学内。

《面纱》以“出轨”作为引子，描写了一段悲惨、凄凉的故事——女主人公凯蒂沉迷于“爱”，却为“爱”所误，最终受到情人的耍弄，令丈夫丢掉了性命。凯蒂生得花容月貌，自小受到母亲加斯廷夫人宠爱，期待嫁入豪门贵族之家。凯蒂一进入社交场便颇受青睐，小伙子们围在她身边大献殷勤，其中不乏才俊，但她一个也不看在眼里，直至二十五岁也未遇到如意郎君。她妹妹多丽丝貌不出众、才不惊人，却跟一位准男爵的公子订了婚。一来受到母亲的责备与“逼婚”，二来不甘在妹妹之后结婚，凯蒂匆匆嫁给了性格孤僻、沉默寡言却深爱着她的细菌学专家沃尔特，并随其来到了香港。她本是一个贪慕虚荣的女子，只是一时冲动才嫁给了一个自己并不爱的男人，这为婚后的出轨埋下了伏笔。在香港，丈夫虽然爱她，但为人刻板，只知道埋头工作，使她顿觉寂寞、孤独和失落。香港政务司副司长查尔斯·汤森德是有妇之夫，见了如花似玉的她，不由生了淫念，使出风月场上的本事跟她勾搭成奸。凯蒂的丈夫发现了他们的奸情，便要她同赴中国内地霍乱肆虐的城市湄潭府，有跟她同归于尽的意图。她向汤森德求援，而后者不愿和妻子离婚，便怂恿她随夫同往那死亡之地。到了湄潭府，沃尔特冒着生命危险救死扶伤，深受大家的敬爱，后来不幸染上了霍乱，不治而亡。在这段时间里，凯蒂到法国天主教的女修道院里当志愿者，目睹了修女们怎样关爱孤儿，怎样救护传染性极强的病人（许多修女因此死去），为修女们表现出的那种博爱、无私的精神以及对信仰的执着追求所感动。

书中另有一重要人物，名为沃丁顿。此人是英国派驻湄潭府的海关副关长，在中国生活了几十年，精通汉语，对中国文化也感受颇深。辛亥革命爆发时，他曾有恩于满族的一个皇室人家，这户人家的格格对他感激不尽，离家出走跟他同居。沃丁顿的见识和开导对凯蒂影响很深，在她的觉醒之路上担当了领路人的角色。沃丁顿和查理·汤森德是旧交，知道他是一个喜欢玩弄女性的花花公子，并将自己的观点告诉了凯蒂。通过残酷的现实，凯蒂厘清了“爱”与“欲”之间的界限，认识到查理·汤森德虽然有着潇洒的外表、运动员的体格和高贵的举止，但内心卑鄙，是一个龌龊小人。她虽不爱她的丈夫，但她的丈夫却以自我牺牲、救死扶伤的精神赢得了那些被她视为“圣人”的修女们的崇拜和敬仰！丈夫死后，她怀着一颗伤痕累累的心回到了故乡，准备以一种新的姿态和观念迎接未来……

方华文作于苏州大学

2020年9月29日

The Painted Veil

面纱

第一章

她惊叫了一声。

“怎么回事？”他问。

尽管百叶窗关着，房间里很暗，他仍可以看见她脸上突然出现了一种惊恐狂乱的神情。

“刚才有人推了推门。”

“哦，也许是女佣，或者是哪个男仆。”

“他们从不在这个时候来，因为他们知道午餐后我总要睡上一会儿。”

“还能是谁呢？”

“沃尔特。”她芳唇乱抖，压低声音说。

她指了指他的鞋，他连忙去穿。但受了她的影响，他情绪十分紧张，手忙脚乱，再加上鞋带系得紧，就更穿不上了。她不耐烦地轻轻叹了口气，递给他一只鞋拔子，然后飞快地披上一件晨衣，光着脚走到了梳妆台前。她留着一头短发，用梳子将蓬乱的地方梳理整齐了，随即把外套拿给他，而他刚穿上第二只鞋，还没来得及系鞋带。

“我怎么出去呢？”

“你最好等一等，我先瞧瞧外面，没事你再走。”

“不可能是沃尔特——他五点以前是不会离开实验室的。”

“那会是谁呢？”

他们说话时把声音压得很低，而她浑身直打哆嗦，这叫他觉得她一遇到紧急情况就沉不住气，心中不由突生怒意。既然有风险，那她怎么说不会出事呢？！她屏住呼吸，一只手抓住了他的胳膊。他顺着她的目光看去——那几扇朝向走廊的窗户都有百叶窗，且一律上了插闩，但他们却看见一扇窗户的球状白瓷把手在慢慢转动。刚才他们没听见走廊里有任何动静呀！看着那把手无声无息地转动，真是叫人毛骨悚然！一分钟过去了，什么动静也听不见。接着，他们看见另一扇窗户的球状白瓷把手也鬼使神差地转了起来，同样悄然无声，同样让人心惊肉跳。凯蒂吓得魂飞魄散，张开嘴巴就要喊叫。他见势不妙，马上伸手捂住了她的嘴，把那叫声闷在了她的嘴里。

四周鸦雀无声。她靠在他身上，两条腿抖得厉害。他真害怕她会昏死过去，于是皱着眉头，绷着脸，将她抱过去放在了床上。她面色苍白如纸。虽说他晒得黝黑，但此时两颊也没有了血色。他站在她旁边，着了魔似的盯着那个瓷把手。二人谁都没有说话。后来，他看见她哭了起来，便恼怒地低声说：“看在上帝的分儿上，别哭了行不行。既然祸来了，要躲也躲不过，就硬着头皮面对它吧。”

她找手帕擦眼泪，他见状便把她的手包递了过去。

“你的帽子呢？”

“我放在楼下了。”

“啊，天呀！”

“我说，你得打起点精神。那绝对不可能是沃尔特。他怎么可能在这时候回来呢？中午他从来不回家，对吧？”

“是的。”

“我敢打赌，你愿赌什么都可以——刚才来的是女佣。”

她朝他嫣然一笑——他那浑厚、亲切的声音让她悬着的心放了下来。她拉过他的手，情意绵绵地握了握。他等了一会儿让她稳定情绪，然后才说道：“听我说，咱们老待在这儿也不是个办法。你现在好点了吧？能到走廊里看看吗？”

“我恐怕还站不稳。”

“你这儿有白兰地吗？”

她摇了摇头。他眉头一皱，脸色立刻阴沉了下来，心里愈加不耐烦了，真不知下一步该怎么办才好。蓦然，她把他的手抓得更紧了，说道：“要是他等在门外该如何是好？”

他勉强笑了笑，用平时的那种温柔、令人信服的语气说道（他对这种语气所产生的效果深信不疑）：“简直匪夷所思。拿出点勇气来，凯蒂。那怎么可能是你丈夫呢？如果他进了屋，看见一顶他没见过的帽子放在大厅里，上楼又发现你的房门紧锁，就一定会大吵大闹起来。刚才肯定是哪个仆人，因为只有中国人才那样静悄悄地转动把手。”

她听了，果真淡定了点，说道：“如果是女佣，也没有什么大不了的。”

“给她一点封口费就是了。如果有必要，我可以吓唬吓唬她——当一名政府职员没有多大油水，但可以利用自己的职务，做事情还是挺方便的。”

她觉得他的话很有道理，于是便起身朝着他张开了双臂。他将她揽入怀中，热吻她的芳唇，使得她如痴如醉、神魂颠倒。她简直太爱他了！待他放开她后，她便走到窗边，拉开插闩，稍稍打开百叶窗往外看——外面一个人影也没有。她溜进走廊，往她丈夫的更衣室里瞧了一眼，又看了看她自己的起居室——两个房间都是空的。她随即返回卧室，朝他摊摊手说：“没人。”

“我就知道那只是错觉。”

“你也别笑，我都快吓死啦。你到我的起居室坐一会儿，我去穿鞋袜。”

第二章

他按她的话做了。五分钟后她回到他身边，见他正在抽烟。

“我说，能给我弄点儿白兰地和苏打水吗？”

“好的，我这就按铃。”

“看样子，情况不算很糟，不会给你带来麻烦的。”

他们按铃后就没再说话。等到男仆应声而来，她便吩咐男仆送酒水来。

“你给实验室打个电话，问沃尔特在不在。”她对汤森德说，“他们听不出你是谁。”

他拿起话筒，要了电话号码，打过去问费恩医生在不在。随后他把话筒放下说：“他午饭后就不见了。你问问男仆，看他回来过没有。”

“我可不敢。他要是回来过我却没有看见，这也太可笑了。”

男仆送来酒水，汤森德自斟自饮起来。他问她是否也喝一点儿，她摇了摇头。

“如果刚才是沃尔特的话，那该怎么办？”她问。

“或许他并不在乎。”

“你说沃尔特不在乎？”她的声调充满了怀疑。

“我一直觉得他是个很内向的人。你知道，有些人城府深，颇能忍受。沃尔特有头脑，深知家里闹出丑闻对他没有任何好处。我丝毫不认为刚才是他，但话又说回来，即便是他，我也觉得他不会发作，而是会视而不见。”

她沉吟片刻，然后说道：“他是爱我的，爱得很深。”

“是吗？那就好了，你更容易闯过这一关了。”

他说着，向她投去迷人的一笑。她历来都难以抵御他的微笑——那笑容在一双清澈的蓝眼睛里成形，然后眼见地一点点扩展到轮廓匀称的嘴巴上（他的牙齿又小又整齐，像两行白玉）。这种微笑极其性感，让她的一颗心都融化了。

“能不能过关我倒不怎么在乎。”她突然焕发出了一股激情，说道，“因为这很值得。”

“都是我的错。”

“早知如此，何必当初？看见你，我着实吓了一跳。”

“我实在忍不住。”

“啊，亲爱的。”

她小鸟依人般又朝他身上靠了靠，一双黑亮黑亮的眼睛动情地望着他，樱桃小嘴微张，充满了渴望。他伸出胳膊搂住她，而她早已心醉神迷，欢快地叹口气，投入了他的怀抱里，像是置身于保护伞下。

“有我在，你就尽管放心好了。”他说。

“跟你在一起，我很开心。真希望我也能像你一样，让你感到开心。”

“现在你不害怕沃尔特啦？”

“我是讨厌沃尔特。”她回答说。

他不知该怎么回应这句话，便吻了吻她。这时她将自己娇嫩的脸颊贴在了他的脸上。他抓起她的手腕（她的手腕上戴着一块小巧的金表），看了一下时间，然后说：“你知道现在我该做什么吗？”

“开溜？”她笑着说。

他点了点头。她顿时往他身上一靠，贴得更紧了，但觉察到他去意已定，便放开了他，说道：“你对自己的工作也太怠慢了，真丢人。快点儿走吧。”

他喜欢打情骂俏，历来都抵挡不住这方面的诱惑，于是便轻佻地说：“看来你恨不得赶紧把我打发走呦。”

“你知道我是舍不得让你走的。”

她回答时声音低沉，语重心长，很是认真。他嘿嘿一笑，显得有点儿受宠若惊。

“你那漂亮的小脑瓜别再为那个神秘的来客烦恼了，我敢肯定是女佣。即便有什么危险，我也可以化险为夷，保你平安。”

“你是不是很有经验呦？”

他被逗笑了，笑得有些扬扬自得。

“那倒不是，但说句自我恭维的话——我肩膀上这颗脑袋还是蛮机灵的。”

第三章

她来到走廊，目送他走出大门。他朝她挥挥手。远远望着他，她不禁心潮澎湃，胸中像有只小鹿在乱撞——他都四十一岁了，但身材如少年一般柔韧，走起路来脚步富于弹性。

她慵懒地流连于阴凉的走廊里，心里燃烧着爱情，感到安逸和满足。她的房子位于快活谷[①]，坐落在山腰上——山顶的豪宅虽然条件好，但租金贵，他们住不起。这时的她凝望着蓝色的大海和船来船往的港湾，却心不在焉——她的一颗心只想着她的情人。

他们下午做的那种事十分愚蠢，但如果他想要她，她哪还顾得上掌握分寸呢？这种午饭后的幽会已有两三次了，他都是赶着天气正热、没人愿意外出的时候来，就连仆人们也没看见过他。在香港，他们的幽会是十分艰难的，因此她讨厌中国的这座城市。平时他们老在域多利道[②]那栋脏兮兮的小房子（一家卖古董的店铺）里约会，而她一进那房子就感到神经紧张，因为总有几个中国人坐在那儿盯着她看，让人很不舒服。每次去，都有一个老头儿带她到店铺后面，摸黑走上一截楼梯，进入一间后厢房里，而她讨厌老头儿脸上那种谄媚的笑。后厢房里脏兮兮的，靠墙放着一张大大的木头床（那张

---

① “快活谷”又称“跑马地”，位于香港湾仔区中南部。

② 域多利道是香港主要道路之一，位于香港岛西岸。

床脏得让她浑身起鸡皮疙瘩)。

“这地方脏得像猪圈，不是吗？”她第一次在那儿跟查理[1]见面时，对他这样说。

“有你在就不像猪圈了。”他回答说。

的确，她一被他抱在怀里，就什么都忘掉了。

唉，恨只恨她不是自由之身，他们俩都不是自由之身！她不喜欢他的妻子(凯蒂游移不定的思绪这会儿落到了多萝西·汤森德身上)。真是不幸，竟然叫“多萝西”这么个名字，让人觉得是个半老徐娘，少说也有三十八岁！不过，查理对妻子绝口不提，肯定是快要烦死她了，心里没有这个女人。只是他毕竟是位绅士，不说妻子的坏话罢了。想到这里，凯蒂笑了笑，笑里带着爱和讽刺。他就是这种人，又傻又老派——他可以对妻子不忠，但决不容许自己嘴里说出任何蔑视对方的话。多萝西个头儿偏高，比凯蒂要高，不胖不瘦，长了一头浓密的浅棕色头发，怎么说都算不上漂亮，只是因为年轻才显得有几分姿色；五官倒是端正，但缺乏魅力，一双蓝眼睛冷冰冰的；脸色蜡黄，让人不想看第二眼；论穿着嘛……罢了，倒也合乎身份——香港政务司副司长的夫人。凯蒂想着想着就笑了，微微耸了耸肩膀。

当然，没人否认多萝西·汤森德说话的声音听上去很悦耳。她还是位慈母——查理总这么夸她。凯蒂的母亲称这种女性为“淑女”，但凯蒂不喜欢她，不喜欢她那种漫不经心的态度——她招待你饮茶、吃饭，对你彬彬有礼，而正是这股劲儿叫你感到不快，让你情不自禁地觉得她那是虚情假意。凯蒂觉得她其实对任何人都不感兴趣，眼里只有她的孩子——有两个儿子在英国上学，另外还有一个六岁的儿子，她准备明年带他回英国去。多萝西的脸就是一张假面具——她笑脸迎客，显得和蔼可亲，说出的话很得体，很合乎她的身份，但她的故作热情却让你深感疏远。多萝西在香港有几位闺密，个个

---

① 即查尔斯·汤森德。

都对她羡慕得不得了。凯蒂心里有个疑问：汤森德夫人是不是认为她的出身太普通了？想到这里，凯蒂气得脸色发红。那位汤森德夫人没有任何理由摆臭架子，她的父亲固然当过香港的总督，在任时曾风光一时，进屋时别人要起身肃立，乘车路过时行人都会摘帽致敬……可是，退了休的总督便“凤凰落架不如鸡”了。而今，多萝西·汤森德的父亲蜷缩在伯爵宫[1]的一间斗室里靠养老金度日。凯蒂的母亲要是去这种地方做客，一定会觉得乏味至极。而凯蒂的父亲伯纳德·加斯廷是皇室法律顾问，一定会飞黄腾达，说不定有朝一日能当上大法官呢。再怎么说，凯蒂的父亲都是住在南肯辛顿[2]的。

① 伯爵宫位于西伦敦一区和二区的交界处。

② 南肯辛顿是英国伦敦市中心的一个地区，这里居住着全伦敦市最富有的居民。

第四章

凯蒂随丈夫来到香港后，发现自己很难接受眼前的现实——她的社会地位竟由丈夫的职业所决定。当然，大家对他们都很友善，都两三个月了，几乎每天晚上都有人邀请他们去参加晚宴。他们去总督府赴宴，总督把她当成新娘对待，对她很客气。但她很快就明白作为政府聘请的细菌学家的妻子，她几乎没什么地位，这让她很气愤。

“简直太荒谬了。”她对丈夫说，“唉，这儿竟然找不到一个值得跟他待上五分钟的人。母亲是绝对不肯把他们当中的任何一个人请到家里做客的。”

“你不必为这而心烦。”他回答说，“你知道，这其实并不重要。”

“若论重要当然不重要，我只是说他们很愚蠢罢了。说来也怪可笑的，原来在国内咱们可是‘往来皆鸿儒，出入无白丁’，到了这里却被人视如粪土。”

“这里讲的是社会地位，而科研人员是吃不开的。”

她现在对此已深有体会，但在嫁给他的时候却并不知道这一点。

“不过，半岛东方轮船公司的代理宴请咱们，我想不到自己竟会那么开心。”她说完，还爽朗地笑了几声，免得让自己显得过于势利。

也许他看出她故作轻松的背后暗藏责备。只见他拉起她的手，羞涩地握住说：“我非常抱歉，凯蒂宝贝，但别让这事儿再折磨你了。”

“哦，我不会让它折磨我的。”

第五章

凯蒂觉得下午那个推门的人不可能是沃尔特，一定是哪个仆人。如果是仆人，那就不要紧，因为中国仆人虽然眼观六路、耳听八方，却守口如瓶。

一想起当时那白色陶瓷把手慢慢转动的情形，她便心跳加速。凯蒂再也不敢冒这样的风险了，觉得还是去古董店约会更好——就算有人看见她进了古董店，也不会起疑心的，他们在那儿绝对安全。店铺主人知道查理是谁，他不会傻到去招惹一个政务司副司长。只要查理爱她，其他的事情都无关紧要。

想到这里，她转身离开走廊，回到她的起居室，往沙发上一躺，伸手去取香烟，谁知一眼瞥见一本书上放着一张字条。她将字条打开，上面有几行用铅笔写的字：

亲爱的凯蒂：

这是你想要的书。我正打算把它送到你们家，路上遇到了费恩医生，他说他要经过家门，可以顺便捎回去。

V.H.

她按了按铃，叫来了男仆，问是谁在什么时候把书送来的。

“是老爷带回来的，太太，时间是在午饭后。”男仆回答说。

这么说是沃尔特了。她立刻往政务司办公室给查理打电话，把刚刚了解到的情况告诉了他。对方半天没说话。

“我该怎么办？”她问。

“我正在开一个重要的咨询会，恐怕现在没空跟你说话。建议你沉住气，什么也别做。”

她放下话筒，明白了办公室不只他一个人，一时觉得有点儿委屈，对他的工作也生出了心烦。

她在一张桌子旁坐下来，手托香腮，苦苦思索着眼下的处境。当然，沃尔特也许会认为她在睡午觉——闩上房门睡觉也是在情理之中的。她使劲回忆着当时的情况。他们交谈了没有？交谈是交谈了，但声音不大。还有那顶帽子——查理简直是疯了，竟把它放在了楼下。不过，这也不能怪查理，因为把帽子放在楼下是很自然的事情，而且沃尔特也不一定就注意到了它。沃尔特也许来去匆匆，把书和字条放下就去赶赴跟自己工作有关的约会了。但奇怪的是他为什么要推门，然后又去推那两扇窗户？如果他认为她睡着了，按说是不会打搅她的。都怪她太愚蠢，才出现了这种情况！

她身子有点儿发抖，不由又心猿意马，一种甜蜜的感觉在心底油然而生——每当想到查理，她心里都会有这种感觉。这一切都是值得的！查理说一定会和她同舟共济，哪怕出现最坏的情况，也会……沃尔特要撕破脸皮，那就让他撕吧。有查理在，她什么也不怕！也许沃尔特知道了这事儿才好呢，因为在她心里从来都没有沃尔特的一席之地。自从爱上了查理·汤森德，就连丈夫的抚摸也会叫她生厌。她不想跟丈夫有任何肌肤接触，而他即便怀疑她有外遇也拿不出什么证据。如果他指责她，她就否认。如果到了否认不了的地步，她就索性快刀斩乱麻，将实情告诉他，让他决定何去何从。

第六章

结婚还不到三个月，她就意识到自己犯了一个错误。但这错不全在她，更多要怪她的母亲。

屋子里摆着一张母亲的照片，心事重重的凯蒂此时将目光投向了那张照片。她不明白自己为什么要把它摆在这儿，因为她并不怎么喜欢母亲呀。父亲的照片她也保留了一张，不过摆在了楼下的大钢琴上。那是他当上皇室法律顾问时拍的，戴着假发，身穿长袍。但即便这样的装束也没能让他看上去多么有派头——他身材矮小、枯瘦，双眼疲惫，嘴唇单薄，且上唇显得过长。摄影师是个爱说笑的人，想让他轻松一些，结果他仍是一脸的严肃。照片上的父亲嘴角下垂、目光阴沉，表情显得沉重，而正是这一点叫加斯廷夫人觉得他很像有正义感的人，于是她便从众多相片中选中了这一张。在加斯廷夫人自己的那张照片上，她身上的衣服是在丈夫被任命为皇室法律顾问、她跟着受邀进皇宫时穿过的。一袭天鹅绒长袍拖地，使她显得气度高贵，头上插着翎羽，手捧鲜花，亭亭玉立，简直是仪态万方。其实她已年逾半百，瘦骨嶙峋，胸部扁平。她生着高颧骨，大鼻头（形状倒是很好看），头发浓密、光滑、乌黑（凯蒂一直怀疑就算她没染过，至少也做了精心修饰）。她那双漂亮的黑眼睛从来就没安分过（这是她最惹人注目的特征）——她跟你说话时，你只要看见她冷漠、毫无皱纹的黄脸上一双眼睛滴溜溜乱转，就会感到心烦意乱。她的目光会先在你身上扫来扫去，再转向房间里其他的人，然后又回到你身上，让你觉得她是在对你评头论足，挑你的毛病，而且她说话时完全是心不在焉的。

第七章

加斯廷夫人是个冷酷无情、工于心计、雄心勃勃、吝啬愚蠢的女人。其父是利物浦的一位律师，育有五女，她是其中的一个。她和伯纳德·加斯廷相遇时，后者在北部巡回法庭工作，看上去年轻有为。她父亲说他鹏程万里（其实并非如此）。他固然刻苦、勤奋、能干，但无意在仕途上高升。加斯廷夫人为此而鄙视他，可同时又苦涩地意识到自己只能通过他才有出头之日，于是便行使御夫术，迫使他按照她的意图去进取。她喋喋不休地责怪他，毫无怜悯之心，因为她发现：如果想让他违背自己的心愿做事，就得唠叨得他不得安生，最终拖垮他，使他只好屈服。她自己也在努力——广交能派得上用场的朋友；巴结那些能给她丈夫提供帮助的律师，并跟那些律师的妻子混得烂熟；讨好法官及其夫人；对那些前途看好的政客极尽谄媚逢迎之事。

二十五年来，加斯廷夫人请客历来都不是她喜欢谁就请谁，而是谁有用就请谁。她定期举办大型晚宴，却舍不得花钱——她虽然野心勃勃，但也吝啬成性。尤其令她引以为傲的是，她大排酒宴，只花别人一半的钱，却照样能风风光光。她办的晚餐时间长，周到细致，并且很节约。她坚信客人们在吃饭聊天时虽喝酒，但不在意喝的是什么酒，于是就把莫泽尔酒[1]用餐巾裹住冒充香槟，心想客人们是尝不出来的。

伯纳德·加斯廷开了一家事务所，虽然生意过得去，但规模不大，很多开业比他晚的都远远超过他了。加斯廷夫人想让他参选议员，但选举开支由政党成员承担，她的吝啬又出来阻挠她的野心了——她实在舍不得花钱讨好选民。所有参选的人都必须为选举基金会捐钱，从而积少成多，汇集成一笔庞大的基金。然而伯纳德·加斯廷每次的捐助都少那么一点儿，于是次次败北。若能成为议员的妻子，加斯廷夫人自然高兴，但现在愿望落空，她也只好咬紧牙关接受现实了。事实上，丈夫参选后，她接触到了一些著名人物。这提升了她的社会地位，使得她为这种意外的收获感到很满意。她知道伯纳德永远进不了议会，但仍然要求他去争取两三个遥不可及的席位，这样便可以赢得党内对他的感激之心。

问题在于他仍是个低级律师，不少比他年轻的人都已经当上了皇室法律顾问。她觉得他也应该朝这个目标努力，否则就无望当上法官。这样也是为了她好——跟比自己小十岁的女人一道赴宴，而且还要坐在她们的下首，这叫她感到无地自容。然而，在这件事上她又遭到了牛脾气丈夫的抵触，这是她多年来一直无法习惯的。他担心当上皇室法律顾问之后就失去了客户。他告诉她，一鸟在手胜过双鸟在林[2]。但她反驳说只有弱智的人才拿谚语当挡箭牌。他提醒她，他的收入有可能减半（他知道这句话是杀手锏，对她而言分量是最重的）。可她哪里听得进去，称他是胆小鬼，搅得他不得安宁。最后，他跟往常一样做出了让步，向上级申请担任皇室法律顾问，很快就获准了。

他的担忧是有道理的——当上皇室法律顾问后，他的事业未见

① 德国莫泽尔地区产的有汽葡萄酒。

② “一鸟在手胜过双鸟在林”意指人不应冒险，为了追求另一个东西，而选择放弃已有的东西。

起色，接的案子少之又少。但他把自己的失望隐瞒下来，即使怪罪妻子，也只是在心里发发牢骚。他变得更沉默寡言了，不过鉴于他在家里一向少言寡语，谁也没注意到这种变化。他的几个女儿只把他当作收入的来源，觉得他应该为她们提供食宿、衣物，应该给她们钱去旅游度假，应该给她们零花钱，至于他吃苦受罪，那是再自然不过的事情了。现在，她们发现他由于选择失误而收入大减，原本就很冷淡的态度里又多了一层愤怒和蔑视。这个逆来顺受的小个子男人起早贪黑地工作，一大早就出门，回到家已是晚饭时分，但她们从来都没有考虑过他心里究竟有着怎样的感受。他对她们来说是个陌生人，但因为他是她们的父亲，她们便理所当然地认为他就该疼爱她们。

第八章

加斯廷夫人是个有胆识的人，而她的胆识令人钦佩——她不让自己社交圈子（那是她的整个世界）里面的任何人看出她因愿望化为泡影而懊恼。她仍一如既往，未对自己的生活方式做任何改变，通过精心筹划，仍能宴请八方来客，场面仍跟以前一样气派，会见朋友时仍是那样谈笑风生（这是她多年历练出的本事）。她知道各种八卦新闻，在社交场合跟人聊天能够游刃有余。一旦遇到那些谈资匮乏的人，出现尴尬的局面，她便发挥所长，大展拳脚——她总有新的话题跟人分享，立刻就能说出一席得体的话打破尴尬的沉默。

根据当时的情况，伯纳德·加斯廷这辈子都不可能当上高等法院的法官，但仍有希望到某个郡法院当法官，最差也能弄到个香港的任命。最后，他当上了威尔士一座城镇的刑事法院法官，这叫加斯廷夫人颇为满意。不过，这时的加斯廷夫人已转移了注意力，将希望寄托在了女儿们身上，觉得只要把她们的婚姻安排好，也就弥补了她人生中的种种缺憾。

她育有二女，一个叫凯蒂，一个叫多丽丝。多丽丝相貌平平，身材粗笨，鼻子又长，加斯廷夫人觉着她能嫁给一个家境殷实、有正当职业的年轻人就不错了。而凯蒂却很漂亮，自小就是个美人胚子，水灵灵的眼睛又黑又大，一头秀发棕里泛红，冰肌玉肤，一口白牙如两行碎玉。她的五官算不上特别漂亮，下巴太方，鼻子虽然不像多丽丝的那么长，但也显得太大。加斯廷夫人认为她的美在很大程度上源自青春年少，于是决定等她一入青春期，就让她嫁人。她刚一步入社交界，便艳惊四座——她的冰肌玉肤仍是她的最大亮点，而她的柳眉杏眼也同样叫人心动，简直灿若星辰，叫你看一眼便会为之丢掉魂魄。她天性活泼可爱，乐于取悦他人。加斯廷夫人在她身上倾注了所有的爱（那是一种严厉、要强、挑剔的舐犊之情），胸怀种种雄心勃勃的梦想——她的目标不是让女儿嫁入一户好人家，而是嫁给一个有辉煌地位的人。

凯蒂从小就知道自己长大后会出落成一个美丽女子，对母亲的野心也心知肚明（她母亲的野心完全符合她本人的愿望）。她步入社交界后，加斯廷夫人发挥自己的天赋，想方设法也要让她们母女受邀参加各种舞会，使得女儿有机会遇到她的真命天子。凯蒂一炮打响，鉴于她不仅长得漂亮，而且风趣幽默，很快就让十几个男子坠入了爱河，只是没有一个合适的。凯蒂虽然对每个有情人都热情友好，但做事却谨小慎微，不让自己委身于任何一个。每逢星期日的下午，她在南肯辛顿的家中的那间客厅就高朋满座，聚满了多情的年轻人。加斯廷夫人看在眼里，喜在心头，坐观成败，深知自己不必出面，凯蒂便能够跟那些人保持一定的距离。凯蒂跟他们打情骂俏，让他们彼此争风吃醋，可一旦他们向她求婚（他们个个都向她抛过橄榄枝），就会遭到她委婉但果断的拒绝。

她的第一个社交季过去了，真命天子没有现身，第二个社交季过去了，对方仍没有现身。不过，她尚年轻，还可以再等等。加斯廷夫人跟朋友们说，女孩子不到二十一岁就结婚实在可惜。但第三年和第四年也一晃就过去了。中间有两三个遭拒的仰慕者再次求婚，但仍然一无所获。有一两个比她还小的男孩子也向她求过婚，另外还有一个退休的印度文官（一位印度帝国五十三岁的二级爵士）亦向她抛过橄榄枝，均遭到了拒绝。她继续参加各种舞会，继续出入于温布尔登和洛兹贵族板球场，继续去爱斯科特赛马场和亨利市的赛船大会观赛，全然沉浸在享乐之中，只是没有一个社会地位和收入都令人满意的人来求婚。加斯廷夫人有点儿不安，注意到对凯蒂感兴趣的只有四十岁以上的男人了。母亲提醒女儿说，再过一两年她就不会那么漂亮了，时时都会有年轻的姑娘出现在社交场上。加斯廷夫人在家人的小圈子里说话直来直去，辛辣地警告女儿说，她就要错过行情了。

凯蒂只是耸耸肩膀，觉得自己仍然很漂亮，甚至更漂亮了，因为她这四年里学会了如何穿着打扮，认为自己还有时间。如果她只是为了结婚而结婚，有的是男孩子会跑上门来。她认为她的真命天子早晚会现身的。而加斯廷夫人判断形势时却比较理智，心里生起了闷气，怪漂亮的女儿错失了良机。于是，她只得稍稍降低择婿的标准，又掉回头在那个她曾出于高傲而鄙视过的职业阶层里寻找，想找一个前途能让她放心的年轻律师或实业家做女婿。

凯蒂都二十五岁了，仍然待嫁闺中，这叫加斯廷夫人恼怒不已，时常会对凯蒂说几句难听的话，问她还打算靠她父亲养活多久——她父亲付出了几乎难以负担的花费，就是为了给她提供机会，可她老是错失良机。加斯廷夫人从来没想过：她虽然欢迎富家或贵族子弟来家里做客，却因为热情过度，表现出了一种让人难以接受的殷勤，结果吓跑了那些人。她把失败归咎于凯蒂的愚蠢。

接下来，该多丽丝亮相社交场了。她鼻子还是那么长，身材还是那么糟，舞跳得也不好，但在第一个社交季就跟杰弗里·丹尼森订了婚。杰弗里是一位杰出的外科医生的独子，其父因在战争期间表现出色被封为准男爵，而杰弗里以后将会继承这一爵位。医学准男爵算不上什么显赫的爵位，但感谢上帝，它毕竟还是一种爵位，是一笔不菲的财富。

凯蒂慌了神，于是嫁给了沃尔特·费恩。

第九章

她认识他的时间不长，从未留意过他，甚至不记得他们第一次见面是在何时何地。直到他们订婚后，他告诉她，几个朋友带他去参加一个舞会，而他们就相识于那次舞会。她肯定就没把他放在眼里，即便跟他跳过舞，也是因为她脾气好，谁邀请都会欣然应允。一两天后在另一个舞会上他来跟她搭话，她根本记不起他姓甚名谁了。后来，她觉察到她参加的每一场舞会都有他，便以她一贯的开玩笑的语气说："你知道，我跟你跳舞至少都有十来次了，你总得把你的大名告诉我吧。"

他显然一愣，说道："你是说你不知道我的名字？不是有人把我介绍给了你吗？"

"哦，舞场上人们说话总是叫人听不清。如果你不知道我的名字，我也丝毫不会感到意外。"

他莞尔一笑——他板着脸，表情有点儿严肃，但笑容却很甜蜜。

"这我当然知道。"他说完，沉吟片刻，然后问，"你就没有好奇心吗？"

"跟大多数女人一样，好奇心是有的。"

"那你就没想过去问问别人我叫什么名字？"

她觉得有点儿好笑，不明白为什么他认为她会有这种兴趣。不过，她喜欢取悦别人，于是便带着灿烂的微笑看着他，眨一眨她那双漂亮的眼睛（她的眼睛如两汪秋水，迷人、暖心），说道："哦，敢问尊姓大名？"

"鄙人沃尔特·费恩。"

她不知道他为什么来跳舞——他舞跳得并不好，认识的朋友似乎也寥寥无几。她心里闪过一个念头，觉得他可能爱上了她，但随即耸了耸肩打消了这个念头。她认识一些女孩，一遇到个男人就以为对方爱上了自己，凯蒂一直觉得这种女孩可笑至极。但她还是稍稍留意了一下沃尔特·费恩，发现他的举动跟那些爱上她的年轻人大为不同。那些人大都坦率地向她表达爱意，都想吻她（很多人也的确吻了她），而沃尔特·费恩从不说这些，也很少谈论自己，老是不吭不哈的。她对此并不介意，因为她是个话匣子，喜欢说话，看到她说了什么幽默的话逗得他哈哈大笑，她自己也感到开心。而他一旦开口，说出的绝非蠢话——显然，他只是比较内向罢了。根据情况看，他住在东方，回国是来度假的。

一个星期天的下午，他来到南肯辛顿，出现在了凯蒂的家中。当时有十几个人在场，他扭扭捏捏坐了一会儿，然后就走了。她母亲过后问她来者为何人。

"我也不太清楚，是你请他到这儿来的？"

"是啊，我是在巴德利家遇到他的。他说在好多次舞会上都见过你，我说我每个星期天都在家里办招待会。"

"他叫费恩，是在东方干什么工作的。"

"是的，他是个医生。他是不是爱上你了？"

"实话说，我不知道！"

"我觉得你都这么大了，哪个年轻人要是爱上了你，你应该是能觉察出来的。"

"就算他爱上我，我也不会嫁给他。"凯蒂满不在乎地说。

加斯廷夫人没吱声，而她的沉默意味着她已十分不高兴。凯蒂脸一红，知道母亲现在已经不在乎她嫁给谁了，只要能将她脱手就行——嫁出去的女儿泼出去的水嘛。

第十章

随后的一个星期，她又在三场舞会上遇见了他。他似乎少了一点儿羞怯，变得爱说话了，说他是个医生，但没有开诊所。他是研究细菌学的专家（凯蒂对细菌学只有十分模糊的概念），在香港有份工作，秋天就要回去。他说了许多有关中国的事情，而她已习惯在别人跟她说话时做出一副感兴趣的样子。不过，香港的生活听上去倒是十分有趣——那里有夜总会、网球、赛车、马球和高尔夫。

“那儿的人经常跳舞吗？”

“哦，是的，我想是这样。”

她想知道他说这些到底是出于什么动机。他好像很喜欢跟她交往，但从不碰她，眼神或话语里也没表现出对她有意思，亦不把她看作那种只是见见面、跳跳舞的女孩子。下一个星期天，他又登门造访。她父亲恰巧进门，由于下雨他没能去打高尔夫，便跟沃尔特·费恩聊了半晌。后来她问父亲他们都谈了些什么。

“他好像常驻香港，那儿的首席法官是我在律师界的一位老朋友。我觉得他是个非常有头脑的年轻人。”

她知道父亲多年来为了她、随后又为了她妹妹而被迫接待登门造访的年轻人，简直都快烦死了。于是她不解地说：“你能喜欢追我的年轻人，这倒是比较罕见，父亲。”

他用那双慈祥、疲倦的眼睛看着她问：“你有可能嫁给他吗？”

“当然没有。”

“他是不是爱上你了？”

“他没做过任何表示。”

“那你喜欢他吗？”

“不怎么喜欢，他总让我有点儿不舒服。”

他压根儿就不是她心仪的白马王子，个子矮小，也不健壮，身板有点儿单薄，皮肤发黑，脸刮得精光，五官倒是棱角分明，但也很平庸。他的眼睛近乎黑色，但不大，目光有些呆滞，落在什么上面就死死盯住——这是一双充满好奇、不太讨人喜欢的眼睛。他的鼻子挺直而小巧，还长着细细的眉毛和轮廓鲜明的嘴巴——这些本来应该很好看，但奇怪的是他看上去并不怎么入眼。当凯蒂开始将他列入考虑范围，仔细观察时，这才惊讶地发现他的五官单个看，竟是那么漂亮。他脸上老有一种嘲讽的神情，待凯蒂对他的了解深了些，便发觉他不是那种快活的人，自己跟他有点儿不合拍。

社交季接近尾声时，他们已见了不少次面，但他还像先前那样冷淡，让人琢磨不透。他跟她在一起时并不害羞，只是有点儿左不是右不是，说起话来异常缺乏人情味。凯蒂最后得出结论：他根本就没有爱上她，只是喜欢和她交谈，觉得和她交谈比较轻松自在，一旦在十一月回到中国后，便再也不会想到她。她心想他有可能早就跟香港某个医院的护士订了婚，那护士也许是一位牧师的女儿，乏味、其貌不扬、粗手大脚、结实健壮——这种人最适合做他的妻子。

就在这时，多丽丝与杰弗里·丹尼森宣布订婚。多丽丝刚满十八岁就缔结了如意婚姻，而她都二十五岁了，却还形单影只。万一她嫁不出去，成了剩女，那该如何是好？这个社交季唯一向她求婚的人是个二十岁的小伙子，还在牛津大学读书。她总不能嫁给一个比她小五岁的小屁孩呀！她把一切都搞砸了。去年一位丧妻的巴斯[1]骑士向她求婚，那人膝下有三个孩子，因此遭到了她的拒绝，现在回想起来她真有点儿后悔。母亲一定不会饶过她的！若说多丽丝，以前为了凯蒂能成就一桩辉煌的婚姻，一直在做牺牲。而现在多丽丝却领先一步，免不了会看不起她。想到这里，凯蒂的一颗心不由沉到了谷底。

① 英国城市，位于英格兰埃文郡东部，是英国唯一列入世界文化遗产的城市。

第十一章

一天下午她离开哈洛德百货公司[①]往家走，在布兰顿路偶然遇见了沃尔特·费恩。他停下来跟她说话，大大方方地问她是否愿意跟他去公园转转。她当时也不是特别想回家，因为家里的气氛并不叫人感到十分愉快。于是二人便溜达着往前走，一边像以往那样东拉西扯地闲聊。谈话中，他问她准备去哪里度夏。

“哦，我们总是去乡下。要知道，家父平时工作繁忙，夏季假期来到时早已疲倦不堪，所以我们全家便会找一个宁静的避风港休养生息。”

凯蒂说话时有点儿言不由衷，因为她很清楚父亲并不忙，也并不累——即便他很忙很累，家里也不会从照顾他的角度商量去哪里度假。不过话又说回来，宁静的地方就是省钱的地方。

“你不觉得那儿把椅子很吸引人吗？”沃尔特冷不丁地说。

她顺着他的目光望去，看见树下的草地上有两把绿色的椅子，于是便说：“那咱们就去坐坐吧。”

可他们一坐下，他就变得心不在焉、神游他方了。真是个怪人！但她没理会这些，而是打开话匣子，自顾自地说着话，心里却在纳

① 世界最负盛名的百货公司，贩售奢华的商品，位于伦敦的骑士桥（Knightsbridge）上，在西敏和肯辛顿之间。

闷，不明白他为什么邀请她来公园散步。莫非他要向她吐露他对香港那个粗手大脚的女护士的恋情？突然，他把脸转向了她，面色苍白如纸，使得正说话的她戛然而止。看得出，他压根儿就没听见她在说什么。

“我想跟你说件事。”

她扫了他一眼，见他眼里充满了痛苦和焦虑，而他的声音紧张低沉，有点儿不够冷静，显然十分激动。她还没回过味儿来，就又听他说道：“我想问你愿意不愿意嫁给我。”

“你这话太叫人吃惊了！”她回答说。由于太意外，她脸上都没了表情，只是直愣愣地看着他。

“难道你不知道我非常爱你吗？”

“你可从来没表示过。”

“我不好意思，再加上嘴笨，心里有话却总觉得难以说出口。”

她的心跳开始快了。以前经常有人向她求婚，但都是快快活活的或者热情洋溢的，她的婉拒也是同一种模式。以这种突然、古怪、带有悲剧色彩的方式向她求婚，却是史无前例。

“谢谢你的关爱。”她狐疑地说。

“第一次见你，我就爱上了你。我想向你表示，却拿不出勇气来。”

“谁敢肯定你说的是不是真话。”她咯咯笑了笑说。

她很高兴能有机会笑一笑，因为这天阳光灿烂，天气晴好，却气氛沉重，大有山雨欲来风满楼的兆头。他听了把眉头一皱说：“唉，你知道我是真心的。我不想让自己的愿望落空——现在你就要出门度假了，而我秋天就得回中国。”

“我对你可从来没有这种想法。”她无可奈何地说。

他没再说什么，只是表情阴郁地低头看着脚下的青草。她觉得他实在是个怪人，觉得他的表白给人一种神秘感，觉得他的爱别具一格，是她以前从未见过的。她有点儿害怕，却也感到得意——他的表白虽然平静，但也有点儿感人呢。

“你得给我时间考虑考虑。”

他一动不动，也不说话。难道他打算让她待在这儿，非叫她当下做出决定吗？这太荒唐了！她总得跟母亲商量商量呀！刚才他说那句话时，她真该起身准备离开。然而她却没有起身，还是想听听他怎么说。而现在不知为什么，她发现要起身已经很难了。她没有看他，却知道他脸上有着怎样的表情。让她嫁给一个只比自己高一点的男人，这她以前想都没想到过。凯蒂坐在他近旁，看到他秀气的面容上带着冷若冰霜的表情，但奇怪的是，她能感受到他内心涌动着一股澎湃的激情。

“我还不了解你，还一点儿都不了解你。”她声音颤抖着说。

他朝她看了一眼，她觉得自己的目光被吸引了过去。那双眼睛里饱含柔情（那是一种她以前从未见过的柔情），只是那里面还有一种可怜兮兮的央求的神情，就像挨了鞭打的狗一样，这让她有点儿恼火。

“路遥知马力，日久见人心，以后你会了解我的。”

“当然喽，你是个很内向的人，对吧？”

说真的，这是她经历过的最为奇特的求婚。即使是现在，她也觉得当时他们俩说话都有点儿不靠谱，都有点儿驴唇不对马嘴。她一点儿也不爱他，不明白自己为什么没有当机立断，一口拒绝他。

“应该说我是个很蠢的人，”他说，“心里想告诉你，我爱你胜过世界上的一切，但又觉得这话太难出口。”

奇怪的是，他的这一表白不知怎么竟深深感动了她——原来，他实际上并不是个冷冰冰的人，只是言谈举止不太讨人喜欢罢了。此时此刻，她顿生柔肠，觉得自己比以往任何时候都喜欢他。多丽丝十一月结婚，而那时他将返回中国，如果嫁给他，就可以跟他同行——多丽丝结婚时为多丽丝当女傧相[①]，对她而言会很不是滋味。能躲过这一关，她何乐而不为？假如多丽丝结了婚，而她还是单

① 指伴娘。

身，那成什么体统！人人都知道多丽丝是妹妹，却先她一步结婚，岂不显得她成了一个老姑娘——一个嫁不出去的老姑娘！嫁给沃尔特·费恩固然不是完美的婚姻，但总比不结婚强。反正到中国生活要比在国内轻松——她太害怕母亲的毒舌了。唉，所有跟她同时进入社交界的女孩子都已经结婚了，大部分还有了孩子。她实在不愿去见她们，不愿听她们唠叨孩子的事。沃尔特·费恩为她提供了一种新的生活！想到这里，她转过头来冲着他嫣然一笑（她对自己这一笑所产生的杀伤力是很清楚的），说道："如果我现在就答应嫁给你，你什么时候打算娶我？"

他高兴得连气都快喘不过来了，一张白脸憋得通红，急忙回答道："现在就娶！马上就娶！越快越好！咱们去意大利度蜜月，八月和九月就在那里度过。"

这样一来，她就不用去乡下跟父母一道在一幢每星期 5 基尼[①]租金的房屋里消夏了。这一瞬间，她似乎看见了《晨报》上发出的通告："新郎沃尔特·费恩需返回东方，婚礼马上举行。"她太了解母亲了，知道母亲一定会大操大办的，至少可以暂时让多丽丝退居幕后——即便多丽丝的婚礼场面会更宏大，但她那时早已远走高飞了。想到这些情节，她便伸出她的玉手说："我觉得我还是非常喜欢你的。你得给我点时间，让我熟悉你。"

"这么说你答应了？"他打断她的话问。

"可以这么说。"

① 英国旧时货币。

第十二章

婚前，她不太了解他，现在都快结婚两年了，仍然不了解他。起初，她被他表现出的关怀所感动，虽然对他的激情感到吃惊，心里却也很受用。他异常体贴，对她嘘寒问暖，不管她提出什么样的要求和愿望，都会忙不迭地去落实，还经常送她各种小礼物表达心意。一旦她身体有恙，没有人会比他更关怀、更体贴她。如果她把自己懒得做的事情交给他办，那简直就像是对他的恩典。他总是极有礼貌：她走进房间，他会站起身来迎接；她下车时，他会伸出手搀扶；如果偶然在街上遇见她，他会脱帽致意；当她离开房间时，他会殷勤地上前为她开门；他从来不会不敲门就进她的卧室或起居室。他跟她所见过的大多数丈夫不一样，对待她不像对待妻子那样随便，倒像对待客人那般彬彬有礼，这固然叫人心情愉悦，却有点儿滑稽。如果他能随意一点儿，她会觉得跟他在一起更自在。在一起过夫妻生活也没有缩短她心里与他的距离感，因为他充满激情，甚至有点儿古怪的歇斯底里，总是显得多愁善感。

她不安地发现他实际上十分情绪化。他之所以能保持克制可能是因为性格内向，或者因为长期养成的习惯（她不知道其中是哪一种因素决定的）。有时候，欲望得到满足后，他把她抱在怀里，想说点什么，却又担心说不到点子上，生怕遭到嘲笑，于是就胡乱说几句应景的话，这叫她觉得有点儿可笑。一次，她取笑他，说他讲出的话全都是不着边际的胡言乱语，结果大大刺伤了他的自尊。她能感觉到搂住自己的胳膊慢慢松弛了。他沉默了下来，好一会儿都没吭声。最后，他一句话也没说就放开她，回自己的房间了。她不想让他伤心，于是过了一两天后对他说："你真是傻，竟往心里去。其实你不管说什么，我都不会介意的。"他听了只是腼腆地笑了笑。

她很快发现他有种不幸的缺陷，即自我意识太强，不善于融入环境。聚会时，大家都唱歌，唯独他不合群，不能跟着一起唱，只是傻坐在那里，脸上堆起微笑以表示他很高兴，但那是挤出来的笑容，更像是讥讽的嘲笑，让你不禁觉得这些欢歌的人在他眼里不过是一群傻瓜。凯蒂对轮唱游戏有着极高的兴致，而他怎么也不能融入其中。到中国内地旅行，参加化装舞会时，别人都穿化装服，他却坚决不愿穿。很显然，他认为这种游戏十分无聊，这让凯蒂大为扫兴。凯蒂生性活泼，爱说爱笑，你叫她说话说一整天她都愿意。他却沉默寡言，难免会使她感到不惬意。有时她随意说出一句话，他则不声不响不回答，这会让她感到恼火。不错，那种随意的话不需要回答，但答上一句总会让人心情愉快。如果这天下雨，她说一句："雨下得好大啊！"满心希望他会跟上一句："是啊，可不是嘛！"可他却一声不响。有时，她真想上前使劲摇晃他，让他说句话。

"我在说雨下得很大。"她会将刚才的话再重复一遍。

"我听见了。"他回答，脸上带着深情的微笑。

这表明他不想惹她生气，不说话是因为他无话可说。凯蒂会苦笑一声，心想：如果人人都在有话可说的时候才开口，人类很快就会丧失说话的能力。

第十三章

当然，事实是他缺乏个人魅力，因此不受大家的欢迎，这一点她到香港后没多久就发现了。她对他的工作依然不太了解，但也掌握了一些情况，这让她清楚地认识到政府的细菌学家并不是什么举足轻重的人物。他好像不愿跟她谈论自己的这部分生活。起初她对他工作的方方面面都抱有兴趣，问这问那的，而他总是用几句说笑加以搪塞。一次，他这样说道："我的工作非常枯燥，技术性很强，报酬极低。"

他很矜持。她所了解的有关他祖辈的情况、他的出身、他受的教育以及遇见她之前的经历，都是她经过锲而不舍的询问才知道的。怪就怪在，唯一叫他着恼的事情就是对他提问。可她偏偏天生一颗好奇心，提问就像发连珠炮，而他的回答一个比一个不耐烦。她是聪明人，看得出他不愿回答，并非是因为想隐瞒什么，只是因为天性如此，不喜欢暴露自己。他讨厌谈论自己，因为这让他难为情、不自在——他这种人是不喜欢敞开心扉的。他爱读书，但他读的书在凯蒂看来枯燥乏味、味同嚼蜡。如果不忙于写科学论文，他就读有关中国的书或者历史著作，简直就没有消停的时候（凯蒂觉得他就不懂得怎样消停）。他喜欢竞技运动，如打网球和打桥牌什么的。

她不知道他为什么会爱上她，想不出还有谁比她更不适合这个内敛、冷淡、自持自重的人。然而，他的确疯狂地爱着她，只要能让她高兴，为她赴汤蹈火也愿意，就像一个蜡人，可以任她拿捏。每当想到他向她展示的这一面（这一面只有她能看见），凯蒂便对他有些鄙视。对她所崇拜的许多人物以及她所喜欢的许多事物，他都不屑一顾，虽能容忍，却很轻蔑——她怀疑他的这种表现只不过是一个幌子，用以掩盖内心深处的虚弱。她觉得他很聪明（这似乎也是大家的共识），但只有在极少的情况下，跟两三个自己喜欢的人在一起时，他才会有一个好心情，此外她从没见过他高高兴兴的模样。她倒不是嫌他乏味，只是心里没有他的位置。

第十四章

凯蒂虽然曾在各种茶会上见过查尔斯·汤森德的妻子，但直到来香港几个星期后才见到查尔斯·汤森德本人。跟着丈夫去他家赴宴被介绍给他时，她是存有戒心的。别看查尔斯·汤森德是政务司副司长，她可不允许他利用自己显示他的尊贵（尽管汤森德夫人对人客客气气，她却早已在汤森德夫人身上看到了这种傲气）。接待他们的房间十分宽敞，陈设跟她来香港后去过的每一户人家的客厅一样，舒适而朴实。那是一场大型聚会，他们夫妇是最后到场的客人。他们进门时，穿着制服的中国仆人正在为客人们送上鸡尾酒和橄榄酒。汤森德夫人漫不经心地跟他们打了声招呼，接着便看着一张名单告诉沃尔特，他进餐时要跟哪位客人坐在一起。

凯蒂看见一位身材高大、相貌英俊的男人走了过来。

"这是我的丈夫。"

"很荣幸能跟你坐在一起。"那男子说。

她立刻放松了，抱有敌意的戒心一下子消失。他眼含笑意，但她看到那目光中闪过一丝惊讶之色。她很清楚其中的原因，这让她差点儿笑出声来。

"虽然知道多萝西准备的晚宴都是美味佳肴，但我恐怕是想吃也吃不下去了。"

"此话怎讲？"

“应该有人告诉我一声。真该有人预先给我提个醒。”

“提醒什么？”

“谁都没提一个字。我怎么会知道要遇见一位绝色佳人？”

“我该怎么回答你这话呢？”

“不用回答，由我唱独角戏好啦。我会把这话一遍又一遍地说下去。”

凯蒂不动声色，心里却打鼓，不知道他妻子到底是怎么说她的。他一定是问过的。这时，汤森德用那双含笑的眼睛看着她，突然回忆起了他和妻子的对话。

“她长得怎么样？”他妻子说她遇见了费恩医生的新娘时，他接口问道。

“哦，一个漂漂亮亮的小姑娘，模样像演员。”

“她演过戏吗？”

“哦，没演过，怕是没演过。她父亲是个医生或者律师，我看咱们该请他们来吃顿饭。”

“悠着点，从长计议。”

凯蒂和他紧挨着在餐桌旁落座后，他告诉她，在沃尔特·费恩刚来香港那会儿他们就认识对方了。

“我们一起打桥牌，他无疑是俱乐部里最高明的桥牌手。”

她在回家的路上把这话说给沃尔特听了。

“盛名之下，其实难副。”

“他打得怎么样？”

“还不错。他只要拿到一副好牌就能赢，拿到烂牌就会一败涂地。”

“他的水平能跟你一样好吗？”

“我对自己的牌技不抱任何幻想，应该说我在二流桥牌手里算得上是高手。汤森德认为自己是一流玩家，其实不然。”

“你不喜欢他？”

“我既不喜欢他，也不讨厌他。我相信他工作干得挺不错，大家都说他是个很棒的运动员，只是我对他没什么兴趣。”

沃尔特的态度不温不火，而这样的态度惹她生气已非一次了。她心里想：你何必要如此扭扭捏捏，要喜欢就说喜欢，要不喜欢就说不喜欢呗。反正她是很喜欢查尔斯·汤森德的——这可是她先前没有预料到的。汤森德大概是这里最受欢迎的人。据说香港政务司司长很快就要退休，大家都希望汤森德能接替这个位置。他打网球、马球和高尔夫球，还养了几匹赛马。他总是乐于助人，从没有官僚作风，也不摆官架子。凯蒂不明白自己以前为什么讨厌听人说他的好话，大概是因为她想当然地觉得他一定非常傲慢自负吧。她真是太愚蠢了，他最无可指摘的就是这一点了。

那一晚她过得很开心。他们谈天说地，谈伦敦的剧院，谈爱斯科特赛马会和考斯的赛艇会，谈的都是些她所熟悉的东西——她觉得自己真有可能在伦诺克斯花园的某座漂亮宅邸遇到过他。后来，等男宾们饭后都去了客厅，他便踱着方步走过来，在她身旁坐下。他说的话虽然并不风趣，却让她时时笑出声来。这大概是他说话的方式使然——他声音低沉、浑厚，让人觉得亲切，一双慈祥的蓝眼睛闪闪发光，闪烁着快活的光芒，叫你有宾至如归之感。当然，他是个有魅力的美男子，这才是他讨人喜欢的真正原因。

他身材高大（她觉得他至少有六英尺二英寸），体形也很漂亮，玉树临风，浑身上下没有任何多余的赘肉。他穿着考究，在座的数他穿的最高档，衣服也最合体。他的头发乌黑，虽短但梳理得非常光滑。而最好看的还是浓眉下那双眼睛，湛蓝湛蓝的，含着笑意和温情，让你觉得他天性善良——有这样一双蓝眼睛的人绝不会忍心去伤害任何人。

她断定自己给他留下了深刻印象——就算他没对她说什么甜言蜜语，那双含情脉脉的眼睛也暴露了他的心迹。他气度闲适，令人愉快，丝毫也不扭捏做作。在这种氛围中，凯蒂感到很自在——二人说说笑笑（这是他们谈话的主旋律），他时不时会加入几句非常入耳的奉承话，这叫她听了很受用。分别时握手，他把她的手捏了一下，其含义她是不可能理解错的。

“希望能很快再见到你。”他轻描淡写地说，但眼神却别有深意，而这她也是不可能理解错的。

“香港很小哟，不是吗？”她说。

第十五章

谁能想到，才短短三个月他们俩就如漆似胶、亲密无间了。他后来告诉她，第一次见面的那个晚上他就疯狂地爱上了她，觉得她是他见过的最漂亮的女人。他说自己还记得她当时穿的衣服（那是她的结婚礼服），那样的她看上去就像一朵娇艳欲滴的百合花。其实，在他说这话之前，她就知道他爱上了自己，心里不禁有点儿害怕，便刻意跟他保持着距离。他有些冲动，这就成了一个难题——她不敢让他吻她，因为一想到他要用胳膊搂住她，她的心就会狂跳，像要跳出胸腔一样。她以前还从未陷入过情网，觉得这感受真是太美妙了。如今她品尝到了爱情的滋味，顿时对深爱她的沃尔特产生了怜悯之情。她取笑沃尔特，跟他开玩笑，发现他很喜欢这样。她曾经一度有点儿担心，怕出差错，而现在底气更足了，时不时会埋汰他几句。记得第一次打趣他的时候，他很意外，也很高兴，脸上慢慢浮现出了笑容，这让她看了觉得很有意思。她想：随着时间的推移，他就会变得有人情味，能食人间烟火。现在她懂得了爱情的真谛，能够像高明的琴师一样用玉指拨动沃尔特爱情的心弦了。看到他张皇失措、受宠若惊的样子，她会忍俊不禁，笑出声来。

查理成了她的情人后，她跟沃尔特之间的关系似乎变得特别滑稽可笑。一见到他那副严肃、自敛的模样，她就忍不住想笑。她太幸福了，甚至感觉不到这样做对他是不仁不义的。毕竟，如果没有他，她永远都不会认识查理。在迈出最后一步之前，她曾经犹豫了一段时间，这倒不是因为她不愿屈服于查理的激情（她的激情跟他的不相上下），而是因为她的教养和传统观念让她畏首畏尾。终于，他们之间有了那种事，而且完全出于偶然——他们俩谁都找不到机会，倒是机会自己找上门，突然出现在了他们面前。事后，她惊讶地发现自己的感觉与以前没有任何不同。她原以为这件事会叫她发生变化，发生某种她也说不清的奇妙的变化，让她觉得好像变了一个人。可是，当她照镜子时，见镜子里的自己跟昨日的并无两样，心里不由连连称奇。

“你生我的气吗？”他问她。

“不生气，而是非常爱你。”她低声说。

“你不觉得浪费那么多时间很傻吗？”

“的确很傻。”

第十六章

她幸福极了，有时这幸福几乎让她承受不起。她的容貌也焕发出了从前的美。在结婚之前，她已经渐渐失去了少女时的水灵，看上去疲倦和憔悴。一些刻薄无情的人说她正在走下坡路。不过，一个未婚的二十五岁女子跟同样年龄的已婚女子还是有所不同的——她就像一朵玫瑰花蕾，只是花瓣的边缘有些发黄而已，一转眼就会变成一朵盛开的玫瑰。如今，她的一双星眸水汪汪的，脉脉含情，她的冰肌玉肤（这一直是她心中最大的骄傲，因此也竭尽全力精心呵护）更是吹弹可破，真是比花解语，比玉生香，宛若一个十八岁的处子。她的美抵达了巅峰，看上去是那么楚楚动人。她的变化不可能不引起大家的议论——闺密们关切地问她是不是要生孩子了；那些冷眼旁观的人原先说她不过是个长着大鼻头的漂亮女人，现在也不得不承认看低了她——她就是查理第一次见到时所说的“绝色佳人”。

他把他们的幽会安排得很巧妙。他曾自夸肩膀宽，挡得住风雨，而她轻轻打断他的话说：“劝你还是别夸耀自己的身材好。”他倒是满不在乎，但她觉得为了自己也得谨慎小心，冒不得一点儿风险。他们无法经常幽会——他只恨见面见得太少，但为了她，也只好作罢。他们一般是去那个古董店幽会，偶尔在午餐后趁着周围没人的时候在她家见面。在别的地方她也经常见到他，不是在这里，就是在那里。他往常跟她说话时谈笑风生（他对任何人都是这样），现在依然如此，她见了就觉得好笑。听见他风趣诙谐地跟她说笑，谁能想象得到不久之前他还满怀激情地把她搂在怀里呢？

她崇拜他。打马球时，他脚蹬漂亮的高筒靴子，穿着白色的马裤，简直太潇洒啦！而穿上网球服，他看上去就是个翩翩少年！当然，他很为自己的身材自豪——那是她所见过最棒的身材。为保持这副好身材，他可谓煞费苦心，从不吃面包、土豆或黄油，花大量时间进行锻炼。对于自己的手，他也精心护理，每星期都要修剪一次指甲——她喜欢他这种生活方式。在运动场上他也是个叱咤风云的人物，一年前在地区网球赛上一举夺魁。在舞场上他则是她最佳的舞伴，跟他跳舞会使她产生梦幻般的美感。谁都不会认为他已步入不惑之年。她也表达了自己的怀疑，说道："我觉得你夸大了年龄，实际上你只有二十五岁。"

他听了大笑，感到十分高兴，说道："嗨，亲爱的，我是个中年人，有个十五岁的儿子，再过两三年就会成为一个体态臃肿的胖老头儿了。"

"你就算到了一百岁也一样可爱。"

她喜欢他那两道又黑又浓的剑眉，觉得很可能正是那剑眉使得他的蓝眼睛有了动人的魅力。他多才多艺，钢琴弹得相当不错（此处当然是指弹拉格泰姆[①]），歌喉圆润，能诙谐幽默地演唱喜剧歌曲。她不知道还有什么事情是他做不来的。他把自己的工作也处理得得心应手——每当汤森德告诉她，他处理了一件棘手的事情，赢得了总督的赞扬，她都会由衷地为他感到高兴。

"不是我吹的，"他会爽朗地一笑说，眼睛里饱含着对她的爱，简直迷人极了，"在我们部门没有谁能在履职方面超得过我。"

啊，她多么希望自己是他的妻子，而不是沃尔特的！

---

① 拉格泰姆是美国流行音乐形式之一，美国历史上第一个真正意义上的黑人音乐。

第十七章

当然，她心里没底，不清楚沃尔特是否知道真相。如果他不知道，也许最好保持现状。但如果他知道了，那就索性摊牌，这样对每个人都是件好事。一开始，她只能偷偷摸摸地跟查理见面，心里不满意，却至少也是安分的。但过了一段时间，随着欲望愈加强烈，她就越来越无法忍受阻止他们长相厮守的障碍了。他多次向她表白，说恨只恨自己地位特殊，不得不小心谨慎，也恨自己无法摆脱束缚着他们俩的绳索。他说假如他们俩都是自由之身，那该有多好呀！她理解他的苦衷。谁也不想闹出丑闻——在改变自己的生活轨迹之前，任何人都必然会掂量再三。假如自由能从天而降，突然落到他们头上，一切该会变得多简单啊！如果是那样，任何人都不会在精神上有多大痛苦。

对于他跟他妻子的关系，她了如指掌。她知道他妻子是个冷漠的女人，多年来他们之间已无爱情可言——他们之所以还在一起生活，完全是出于习惯和方便，当然也是为了孩子考虑。她的情况要比查理的复杂一些——沃尔特爱她。好在沃尔特对工作很上心，还可以到俱乐部里消遣，他起初可能会痛苦，但一定会挺过去的，完全可以另娶佳偶。查理曾告诉她，他怎么也想不通她竟会轻率地嫁给沃尔特·费恩这样的人。想到这里，她笑了笑，不明白自己为什么刚才还惊慌失措，生怕沃尔特当场抓住他们。看见门把手慢慢转动固然令人吃惊，但他们毕竟还是有心理准备的，知道沃尔特顶多会把事情闹大。她和查理会求之不得，会因此而感到如释重负，因为他们最盼望的就是有这么一天。既来之，则安之！

平心而论，她承认沃尔特是个绅士，而且很爱她，一定会放她一马，同意跟她离婚。他们的结合本身就是一个错误，幸好现在发现得还不算太晚。她心里开始盘算究竟该跟他说什么，该怎样对待他才好。她要言语温和，面带微笑，但态度坚定。他们没必要闹翻，以后见面也会高高兴兴的。她真心希望他们一同度过的两年时光会成为他极其珍贵的记忆。她心想：多萝西·汤森德丝毫不会介意跟查理离婚的。眼下她最小的儿子要回英国，她陪着一起回去再好不过了。她在香港完全无事可做，回去后就可以跟孩子们在一起度假。再说，她的父母也在英国嘛。这件事原本就十分简单，一定会风平浪静，安排得顺顺当当，既不会闹出丑闻，也不会有伤和气。然后她就跟查理结婚。

凯蒂长长舒了一口气，觉得她和汤森德一定会非常幸福的。好事多磨，只要能过上幸福的生活，费一些周折也是值得的。她浮想联翩，想到了他们将要在一起度过的美好日子，想到了他们分享的欢乐，想到了他们游山玩水的场景，想到了他们的住宅应该是什么样，想到了他的晋升以及她怎样当好贤内助——一幅幅画面在她的脑海中闪过。他会为她深感自豪，而她则会深深地爱他。

然而，在这美好的白日梦里却有一股暗流在涌动——那就是忧虑。说来也怪，这就像一支乐队在演奏，木管和弦乐器演奏的是阿卡迪亚[1]旋律，而打击乐器敲出的却是阴冷的音符，声音低沉，给人以不祥之感。沃尔特迟早会回家，一想到要面对他，她的心就狂跳不已。蹊跷的是，他下午回了趟家，没跟她说话就又走了。当然，她并不怕他，说到底他也不能把她怎么样。她反复用这话安慰自己，

① 阿卡迪亚，希腊二级行政区，也称乌托邦，是古希腊神使赫尔墨斯的出生地，被视为人间天堂。

但无法完全消除内心的不安。接下来，她把要对他说的话又在心里想了想。唉，把事情闹僵又有什么好处呢？她非常遗憾——老天爷知道她并不想让他痛苦，但她就是不爱他，她又能有什么办法呢？戴着假面具过日子并非上策，长痛不如短痛，还不如把真相说出来好！她希望他不会因此而不高兴，但既然缔结了错误的婚姻，唯一明智的做法就是承认这一点。分了手，她会一直想着他的好。

然而，这些话她虽然是对自己说的，心里却还是感到一阵惊怕，手心直冒虚汗。她随即便迁怒于沃尔特。哼，如果他要撕破脸，大闹起来，那就骑着毛驴看唱本，走着瞧！他要是待她不仁，她就对他不义！她会告诉他，自己心里压根就没有他，结婚后没有一天不后悔。他很无趣，让她讨厌，非常讨厌，讨厌极了！他觉得自己高人一等，这简直可笑！他毫无幽默感，还喜欢端着一副清高的架子，叫人望而生厌！他冷漠、自敛，而自敛就是对任何事情、任何人都不感兴趣，心中只有自己，让人恶心！她压根就不愿意让他吻她！他到底有什么可自负的？他舞跳得很烂，聚会时只能扫别人的兴，既不会弹琴也不会唱歌。打马球他是个外行，网球也赢不过任何人！桥牌倒是打得好，但桥牌打得好有谁会在乎呢？

凯蒂怒火中烧，越想越气。他要是胆敢向她发难，那就叫他吃不了兜着走！谢天谢地，他终于要知道真相了！她恨他，希望今生今世再也不见他。是的，她很高兴这一切就要一了百了了。他有什么理由不给她松绑？当初是他死乞白赖缠着她，她才嫁给了他，而现在她已忍无可忍了。

"忍无可忍啦！忍无可忍啦！忍无可忍啦！"她一遍遍大声重复着，气得浑身发抖。就在这时，她听见汽车停在了花园门口，随后听见他朝楼上走了过来。

第十八章

他走进了房间。她的心狂跳不止，两手不停地颤抖，幸好她躺在沙发上，正拿着一本打开的书，仿佛在阅读。他在门口站了一会儿，两人的目光碰在了一起。她的心往下一沉，突然感到一股寒意传遍肢体，不由打了个哆嗦。她有一种毛骨悚然的感觉，就像是人们常说的听见了鬼敲门。而他脸色惨白——她以前见过一次他的这种脸色，即他们坐在公园里他向她求婚的那次。他的黑眼睛像死鱼眼般一动不动，深不可测，瞳孔大得超乎寻常。他什么都知道了！

“你回来得挺早啊。”她说了一句。她嘴唇在发抖，几乎连话都说不出来了，简直吓坏了，生怕自己会昏过去。

“我觉得跟平时差不多。”

他的声音在她听来很奇怪，最后一个字稍稍上扬，为的是让他的话显得随意，然而却像是从牙缝里挤出来的。她弄不清他是否看出她浑身上下都在发抖，只觉得自己必须强忍住才不至于尖叫起来。后来，他垂下眼皮说：“我去换身衣服。”

他离开了房间。她浑身散了架，有两三分钟的时间都动弹不得，但最后努了努劲还是从沙发上直起身来，如大病初愈，感到十分虚弱。站起来后，她真不知自己的两条腿能不能支撑住身子，于是扶着椅子和桌子慢慢蹭到走廊上，然后用一只手扶着墙壁回到了她的卧室。随即，她穿上茶会女礼服，回到起居室（他们只在举办晚会时才用客厅），见他正站在桌子旁边看《随笔》周报上的插图。她强打起精神走了进去。

“咱们下楼吃饭？饭已经准备好了。”

“我没让你久等吧？”

她芳唇乱抖，根本控制不住，这才是最可怕的。

他打算什么时候跟她摊牌呢？

两人都坐了下来，彼此无言。过了一会儿，他说了一句话，一句再普通不过的话，里面却有一种不祥的味道。

“‘皇后号’今天没有到港，”他说，“不知道是不是因为风暴才延期了。”

“应该是今天到吗？”

“是的。”

她看了看他，见他的眼睛一动不动地盯着他的盘子。他又说了几句话，说的还是琐事，和即将举办的网球比赛有关，描述得很详细。平时说话，他的声音抑扬顿挫，听上去很悦耳，而现在全是一个调子，显得陌生而不自然，让她觉得像是从很远的地方隔空喊话。他的眼睛要不就盯着盘子，要不就盯着桌子或者墙上的某幅画，独独不去跟她对视。她意识到他这是实在不愿意看她。

“咱们上楼去好吗？”他饭后说道。

“好的，随你。”

她站了起来，他为她开了门。她走过他身边时，他垂下了眼睛。来到起居室后，他又拿起了那份带插图的周报，说道：“这份《随笔》是新的吗？我好像没看过。”

“不知道，我没留意。”

那份报纸在那儿放了都有两个星期了，她知道他已经读了好几遍了。他拿起它，坐了下来。她又在沙发上躺下，拿过那本书。平时，晚上如果只有他们两个，他们会玩昆坎牌[1]或者单人纸牌。这时

① 一种起源于美国南方的牌戏。

只见他坐在扶手椅里，姿势显得很闲适，似乎在全神贯注地看《随笔》上的插图，一直没有翻动报纸。她想定下神看书，却看不下去，只觉得眼前的字模模糊糊的难以辨认，脑袋疼得厉害。

他究竟什么时候才打算摊牌呢？

两人默默坐了一个小时。后来她不再假装看书，把那本小说放在膝盖上，呆呆地望着半空，一动也不敢动，一声也不敢吭。他纹丝不动地坐着，姿态还是那么闲适，目光仍盯在插图上，一双眼睛睁得大大的，死鱼眼般一动不动。他的沉默很奇怪，叫人感到危险——凯蒂觉得这时的他就像是一头猛兽，随时准备扑过来。

末了，他突然站了起来，使得她心头一惊，不由攥紧了手。她觉得自己的脸都吓白了。

现在他要摊牌啦！

“我有些工作要做。”他用平静、单调的声音说道，眼睛躲闪着不看她，“如果你不介意，我就回书房了。我把工作做完，你恐怕已经上床睡觉了。”

“我今晚确实很累。”

“那好，晚安。”

“晚安。”

他离开了房间。

第十九章

次日晨，她逮到空当往汤森德的办公室打了个电话。

“喂，什么事？”

“我想见见你。”

“亲爱的，我非常忙——我得工作。”

“事关重大。我能去你的办公室吗？”

“哦，这不妥当。我要是你，就绝不这样做。”

“好吧，那你就到这儿来。”

“我实在脱不开身。今天下午行吗？还有，你不觉得我最好不去你家见面吗？”

“反正我必须马上见你。”

接着是一阵沉默。她担心电话挂断了，于是焦急地问：“你还在吗？”

“是的。我在想呢。到底发生什么事了？”

“电话里不方便说。”

他又沉默了片刻，然后才说道：“好吧，听着，既然这样，我可以抽出十分钟时间，一点钟跟你见个面。你最好去周库的店里等着，我尽快赶过去。”

“去那家古董店？”她惊慌地问。

“是啊，咱们总不能去香港酒店的大厅里见面吧。”他回答说。

她注意到他的声音有点儿恼火，于是连忙说："那好，我去周库的店里等你。"

第二十章

她在域多利道下了黄包车，穿过陡坡上的一条窄巷来到古董店。她在店外逗留了一会儿，就好像注意力被橱窗里的古玩吸引住了一样，在那儿流连不去。站在门口迎候顾客的伙计马上认出了她，咧开嘴巴朝她会意地笑了笑，随即跟店里的什么人说了句中国话。紧接着，就见那位小个子、圆胖脸、身穿黑色长袍的店主迎了出来。她连忙跟着走了进去。

“汤森德先生还没来，你先去顶楼好吗？”

她来到店铺后面，走上那段晃晃悠悠、光线暗淡的楼梯。那个中国人跟着她，为她打开通往卧室的门上的锁。卧室里十分憋闷，弥漫着一股刺鼻的鸦片烟味。她在一只檀香木柜子上坐下。

不一会儿，她听到楼梯上响起了沉重的脚步声，踩得楼梯嘎吱嘎吱地响。汤森德走了进来，随手把门关上，起初愁眉苦脸的，但一见到她，那副愁容便消失了，立刻绽出了迷人的微笑。他一下把她抱在怀里，吻了吻她的嘴唇，然后问道：“出什么事啦？”

“一见到你，我就感觉好多了。”她嫣然一笑说。

他坐到床上，点了一支香烟。

“今天早上你就好像天塌下来了一样。”

“也难怪我惊慌——我几乎一整夜都没合眼。”她答道。

他看了她一眼，脸上仍带着微笑，但那笑容有点儿僵硬不自然。

她发觉他眼里有一丝焦虑的阴影。

“他知道了。”她说。

他沉吟片刻，然后问：“他说什么了吗？”

“什么也没说。”

“奇怪！”他两眼紧盯着她说，“你凭什么认为他知道了？”

“所有的迹象都表明——他的神色以及吃饭时的语气都表明他知道了。”

“他动怒了吗？”

“没有。恰恰相反，他很客气，对我彬彬有礼，只是在道晚安时没有吻我——我们结婚后，这还是头一次。”

她垂下眼睛，不知道查理能不能理解这意味着什么。通常，沃尔特会把她搂在怀里，久久亲吻她的嘴唇，舍不得放开，温情脉脉，浑身上下散发出激情。

“你觉得他为何什么都不说？”

“不知道。”

他又在沉吟。凯蒂一动不动坐在檀香木柜子上，忧心忡忡地看着他，见他脸上又一次阴云密布，眉头紧锁，嘴角往下耷拉着。突然，他抬起了头，眼睛里闪过一线阴毒、得意的光芒。

“他怕是哑巴吃黄连，有苦说不出。”

她没有吱声，不明白他是什么意思。

“毕竟，对这种事情睁一只眼闭一只眼的人，他也不是头一个。如果大闹一场，他能得到什么好处？如果想闹，他早就闯进你的房间捉奸了。”他说着眨了眨眼睛，咧嘴一笑，“那样一来，咱俩就会出洋相，变成一对大傻瓜。”

“真希望你能看见昨晚他那种脸色。”

“我估计他很恼火。这当然是个打击，对任何人都是莫大的羞辱。不过沃尔特一向看着傻乎乎的，我觉得他不是那种愿让家丑外扬的人。”

“我也觉得是这样。”她若有所思地回答，“他很爱面子，我早就发现了这一点。”

“这对咱们来说是件好事。有一个非常好的揣摩对方心思的办法——那就是设身处地想一想，你处于他的位置会怎么做。一个人遇到这种情况，唯有装作什么都不知道，才能够保全面子。我敢打赌，你想赌什么都行，这就是他的策略。”

汤森德越说越起劲，一双蓝眼睛熠熠闪光，又变回了原来的那个充满欢乐的乐天派，浑身上下都散发出一种令人欢欣鼓舞的自信。

“上天知道，我并不想挖苦他，有意贬低他，但归根结底一个细菌学家不是什么显赫的人物。西蒙斯一旦回家养老，我就很有可能当上政务司司长，那时候沃尔特为了自身利益也得顺从我。他也是饮食男女，总得考虑考虑自己的饭碗吧。你觉得政府部门能容得下一个弄出丑闻的家伙吗？请相信我，他只要三缄其口，就能前途似锦，如果闹得满城风雨，就只会葬送掉自己的事业。”

凯蒂不安地动了动身子。她知道沃尔特非常内向，相信他害怕闹得满城风雨，唯恐招致公众的注意，因为这些会对他造成不良影响，但她不相信他会被物质利益所左右。也许她对他了解不深吧，但查理对他就更不了解了。

“你想没想过他是爱我的，爱我爱得发疯？”

他没吱声，只是冲她笑了笑，眼睛里有一股调皮的神情，一副让她既熟悉又喜爱的迷人样子。

“哦，怎么啦？我知道你一定会说几句难听的话。”

“哦，你知道，女人往往会有一种错觉，以为男人爱她们爱得发疯，其实并非如此。”

她笑了，第一次笑出了声，被他的自信逗笑了。

“这话真是难听。”

“恕我直言，你最近一直都没怎么关注你丈夫。也许，他不像从前那么爱你了。”

“不管怎么说，你爱我爱得发疯，这绝对不会是我的错觉吧。”她回敬道。

“你要是有这样的错觉就不对了。”

啊，听到这样的表白简直如饮甘霖，如沐春风！她知道他爱她爱得发疯，对他的爱情深信不疑，于是心里感到热乎乎的。他边说边从床上站起身来，靠着她坐在檀香木柜子上，伸出胳膊搂住她的纤腰说：“别再让你那傻傻的小脑袋瓜为这苦恼了。我向你保证没什么可害怕的——我有十二分的把握，他一定会装作什么都不知道。再说，这种事情是很难证明的。你说他爱你，也许他不愿就此失去你。如果你是我妻子，我发誓就算接受任何条件也不愿失去你。”

她小鸟依人般靠了过去，整个身子都变软了，紧紧依偎在他的怀里。她觉得自己太爱他了，那简直是一种痛彻心扉的爱。汤森德最后说的那句话提醒了她：或许沃尔特爱她爱得十分强烈，以至于愿意接受任何屈辱，只要她偶尔还能让他爱一爱就行。这一点她可以理解，因为她对查理的感觉就是这样。一股自豪的快意传遍了她的全身，同时又让她有点儿反感，觉得这样的爱情未免太猥琐了。

她风情万种地伸出胳膊搂住查理的脖子说：“你真是了不起。我刚来这儿的时候浑身抖得像片树叶，可你一席暖心的话竟让一切忧虑都烟消云散了。”

他用两手捧住她的脸，吻了吻她的芳唇说：“好了，我的小心肝。”

“你让我心里宽慰多了。”她叹了口气说。

“我敢说你没必要紧张。你知道我会始终跟你在一起，绝不会叫你失望的。”

她收起一片担忧之心，但瞬间又莫名其妙地产生了几分遗憾，觉得自己对未来的规划成了镜花水月。现在危险过去了，她倒希望沃尔特会揪住这件事不放，坚持要跟她离婚。

“我知道我是可以指望你的。”她说。

“我也希望成为你的指望。”

“你是不是该去吃午饭了？”

“哦，让午饭见鬼去吧。”

他把她抱得更紧了，而她被牢牢禁锢在了他的怀里。他把嘴凑上前吻她的芳唇。

“哦，查理，你得让我走了。”

“没门。”

她咯咯一笑——那是幸福的笑，喜爱的笑，得意的笑。他眼睛里燃烧着欲望，将她抱起，紧紧搂在怀里，不容她离去，然后走过去插上了门闩。

第二十一章

整个下午她都在琢磨查理说的那些有关沃尔特的话。他们当晚要去外面吃饭，他从俱乐部回来时她正在梳妆打扮。他敲了敲门。

“请进。”

他没有推门进来，而是说道：“我直接去换衣服。你还要多长时间？”

“十分钟。”

他没再说什么，便回自己的房间了。他说话时声音听上去很勉强，这她昨晚就注意到了。而现在的她已经十分自信了。她先他一步准备停当，待他下楼时她已经坐在车里了。

“恐怕我让你久等了。”他说。

“没什么。”她回答道，表情很平静，脸上甚至还带着微笑。

他们开车下山时，她看着眼前的风景，东拉西扯地说了几句话，而他只是哼呀哈的。她耸耸肩膀，有点儿气恼，心想如果他愿意吊着脸，那就随他吧，反正她不在乎。一路上二人无话，一直到抵达目的地都懒得搭腔。这是一场大型晚宴，宾客如云，水陆杂陈。凯蒂跟坐在身旁的客人聊得很开心，看一眼沃尔特，却见他面如死灰，一张脸扭曲得变了形。

“你丈夫看上去气色很不好，恐怕不会是天气太热的缘故，因为他是不怕热的。他是不是工作太辛苦了？”

“他工作起来总是不要命。”

“你怕是很快就会离开这里吧？”

“哦，是的，大概要去日本度假，就跟去年一样。”她说，“医生说我得出去避避暑，否则身体会垮了的。”

往常参加饭局，沃尔特会时不时微笑着看她一眼，而这次一直没看她。出门上车的时候，她就注意到他的眼睛老躲她，下车出于惯有的礼貌伸手扶她时也是这样。现在，他跟坐在自己两边的女客说着话，面无笑容，目光呆滞，看她们时眼睛一眨不眨。那双眼睛显得特别大，在苍白的脸上乌黑如炭，表情僵硬、严肃。

“陪着客人说话，他可真够叫人舒心的。”凯蒂以一副挖苦的心肠暗忖。

眼见那两个倒霉的女客还煞费苦心地跟这么个阴森森的假面人聊天，她不由觉得十分好笑。

她和查理的事情他肯定是知道的，这一点毫无疑问，他正在生她的气呢。可他为什么只字不提呢？难道真的是因为他尽管气愤和痛苦，却爱她至深，怕说出来她会离开他？这一念头让她有点儿瞧不起他，但心里对他并无恶意——他毕竟是她的丈夫，为她提供衣食，只要他不干涉她，让她按自己的心意办事，她还是可以投桃报李，好好待他的。

换一种角度考虑，也许他的沉默仅仅是出于一种病态的怯懦。查理说得对，沃尔特比任何人都更害怕闹出丑闻。除非迫不得已，他从不在公众面前发言。他曾经告诉她，有一次法庭传唤他，叫他为一桩案件提供专家方面的证词，结果开庭前的一个星期他都没怎么合眼。他的羞怯是一种病。

还有一点，男人都很虚荣。只要没人知道实情，沃尔特或许宁愿视而不见。随后，她又开始琢磨查理的话到底对不对——查理说识时务者为俊杰，沃尔特是知趣的。查理是香港炙手可热的人物，很快就会接任政务司司长之职，可能对沃尔特大有用处。反过来说，如果沃尔特跟他过不去，他也不会让沃尔特有好日子过。一想到自己的情人如此有力、果断，她心里便充满了喜悦；依偎在他强健的双臂中，让她感到自己是那样软弱无助。男人真怪啊。她怎么也想不到沃尔特会如此下作。但人心隔肚皮——别看他表面上一副严肃相，其实内心却是龌龊、厚颜无耻的。

她越想就越觉得查理说得对，待她又朝丈夫那边望去时，目光里已经没有了宽容。碰巧这时他两边的女客都在跟各自的邻座聊天，他一个人被晾在那儿，成了孤家寡人。他呆视前方，全然忘了自己是在参加宴会，眼里充满了极度的悲伤。这让凯蒂心头一惊。

第二十二章

次日午饭后她躺下小睡，正在打盹，却被一阵敲门声吓了一跳。

“谁呀？”她恼火地喊了一声。

这种时候她不习惯被人打扰。

“是我。”

她听出是丈夫的声音，赶紧坐了起来。

“进来吧。”

“把你吵醒了？”他进门后问。

“实话说的确如此。”她语气平淡地回答——两天来她一直用这种语气跟他说话。

“你来隔壁房间吧，我想跟你谈谈。”

她的心猛地一跳，撞在了胸口上。

“我穿上晨衣就去。”

他离开了。她赤脚穿上拖鞋，裹上一件和服式晨衣，往镜子里瞥了一眼，见自己脸色极为苍白，便往脸上涂了一些胭脂。她来到隔壁的房间，站在门口定了定神，为这次面谈鼓起勇气，然后神情坚毅地走了进去。

“你怎么这时候离开实验室回家来了？这可是不常见的。”她说。

“坐下说话好吗？”

他说话时没有看她，口气十分严肃。她倒是乐于从命，因为她两腿发抖，有点儿站不稳了。坐下后，由于心情忐忑，无法再用那种打趣的语气说话，她索性不再吱声。他也坐了下来，点着了一根烟，眼睛不安地看着四周，似乎有话却难以开口。

突然，他转过眼睛，直直地望着她——他一直躲着不看她，现在的这一直视吓了她一跳，使得她差点儿没叫出声来。

“你听说过湄潭府[1]吗？”他说道，“近来报纸上对它有过不少报道。”

她惊讶地望着他，迟疑了一会儿，然后回答道：“是不是那个发生霍乱的地方？阿巴思诺特先生昨晚谈起过。”

“那儿发生了霍乱疫情，恐怕是多年来最严重的疫情。那儿原本有个传教士医生，三天前得霍乱死了。现在那里还有一座法国人的女子修道院，当然也有个海关职员，其他人都已经撤离了。”

他的眼睛仍紧紧盯着她，让她的目光躲也无法躲。她想读懂他的表情，但因为紧张却力所不及，只觉得他的表情很古怪、很警觉。他怎么能如此淡定，甚至连眼睛都不眨呢？！

“那些法国修女做着自己力所能及的事，已经把孤儿院变成了一所医院。但人们像苍蝇一样大批死掉。我已经提出申请，要去负责那儿的事务。”

“你？”

她吓了一大跳，但首先想到的是如果他一走，自己就自由了，可以毫无阻碍地跟查理幽会了。然而，这一念头叫她感到吃惊，不由羞红了脸。他为什么要用那种目光盯着她看呢？她尴尬地扭过了头去。

“有这个必要吗？”她支吾道。

“那地方连一个外国医生也没有。”

“但你不是医生，你是个细菌学家。”

“我是医学博士，你知道，在从事细菌研究之前我曾在一家医院做过大量诊疗工作。其实，就因为我是细菌学家，这次去那儿对

---

① 即现在的湄潭县，隶属于贵州省遵义市，位于贵州省北部。

我更有利——这对我的研究而言，是一次难得的机会。”

他说话时，语气有点儿玩世不恭。她瞥了他一眼，吃惊地发现他的眼里还闪动着一丝嘲弄，她实在猜不出他葫芦里究竟卖的是什么药。

“可是，去那儿会不会很危险呢？”

“非常危险。”

他笑了笑，笑容里含着讥讽、嘲弄。她手托香腮，心想：这是自杀，是不折不扣的自杀！太可怕了！她万万没想到他会走这一步。简直太残酷了！就算她不爱他，也不忍心看着他为了她的缘故去寻死。想到这里，她不禁泪流满面。

“你哭什么？”他声音冰冷地问。

“你没有非去不可的责任吧，是不是？”

“没有。我完全是出于自愿。”

“请不要去，沃尔特。要是有个闪失，那可就太糟糕了。万一你死了呢？”

虽然他仍是一脸冷漠，但眼睛里再次掠过了一丝笑意。他没有回答。

“那地方在哪儿？”她过了一会儿问道。

“湄潭府？在长江的一条支流上[①]。咱们乘船从长江的水路过去，然后再坐滑竿[②]。”

“咱们？”

“就是你和我呀。”

她飞快地瞥了他一眼，还以为自己听错了。而他则用他的那双黑眼睛紧紧盯着她，眼里的笑意已经蔓延到了嘴角。

“你希望我也去？”

“我以为你会愿意的。”

---

① 指的是乌江。

② 滑竿是中国西南各地山区特有的一种供人乘坐的传统交通工具。即用两根结实的长竹竿绑扎成担架，中间架以竹片编成的躺椅或用绳索结成的坐兜。

她的呼吸变得急促，一阵战栗传遍了全身。

“只是那儿显然不是女人待的地方。传教士几个星期之前就把他的妻子和孩子送走了。亚洲石油公司的代理和他妻子也来这儿了。我在一次茶会上见过他妻子，记得她说他们是因为霍乱才离开了那里。”

“那儿还有五个法国修女呢。”

她惊慌失色，支吾道：“我不知道你是什么意思。要我去那儿简直是疯了。你知道我的体质有多么差。海沃德医生说香港天气太热，还建议我出去避暑呢，我又怎么能受得了那儿的炎热呢？再说还有霍乱，想一想就能把我的魂吓掉。那是找死！说什么我也不能去，不然非死不可。”

他一声不响。她绝望地看着他，强忍着不让自己哭出声。他脸色惨白，如死灰一般，叫她倏然心头一惊——她看出那是一种仇恨的表情。莫非他想让她死掉？心里有了这一可怕的想法，她便说道：“这太荒谬了。你要是觉得你应该去，那是你自己的事，但你别想让我也去。我讨厌疾病，更何况那是霍乱——传染病！我不想充好汉，可以直言不讳地告诉你，我没那份胆量。我要待在这儿，到时候就去日本度假。”

“我还以为你能和我同甘苦、共患难，一定会愿意陪我一起去呢。”

他话中带刺，显然在嘲笑她。她丈二和尚摸不着头脑，真有点儿不明白他的心思了，不知道他说的是心里话，还是只想吓唬吓唬她。

“我觉得要是拒绝去一个既跟我无关、也用不上我帮忙的危险之地，任何人都没有理由责怪我。”

“你可以帮很大的忙，可以鼓励我、安慰我嘛。”

她脸色愈发苍白了，说道：“我不明白你在说什么。”

“我认为理解这话并不需要超凡的智力。”

“反正我是不会去的，沃尔特。让我去那鬼地方是绝对不可能的。”

“那我也不去了。我马上就撤回申请。”

第二十三章

她茫然地看着他。他说的话太出乎意料，一开始她都糊涂了，不明白他话中的含义。

“你到底在说什么？”她结结巴巴地问。

她的这一问连她自己听着都觉得虚伪。她看到沃尔特那张严肃的脸上露出了轻蔑的表情。

“恐怕你把我当成大傻瓜了。”

她不知该说什么好，心里犹疑不决，不知是该义愤填膺地为自己申辩，说自己是清白的，还是该发作起来，愤怒地斥责他。他似乎看穿了她的心思，继续说道：“我掌握着所有必要的证据。”

她哭了起来，泪水涌出了眼眶——那不是悔恨的泪水，她也没去擦。哭泣为她争取了一点时间，使她镇定了下来，但脑子里仍一片空白。他无动于衷地看着她，冷静得让她害怕。后来，他不耐烦了，说道：“哭是解决不了问题的，这你清楚。”

他的声音冷酷、无情，在她心里激起了一丝怒意，也让她恢复了理智。

“我不在乎。我想你不会反对我跟你离婚吧，这对一个男人来说算不了什么。”

“容我问一句，我为什么要为了你而给自己惹上麻烦，哪怕是最微小的麻烦？”

“这不会给你带来任何麻烦。求你有点儿君子之风，这个请求也不过分吧？”

“我这多半也是为了你们考虑。”

她一听便坐直身子，擦干眼泪问：“此话怎讲？”

“这是一桩伤风败俗的离婚案，汤森德也会成为被告，他的妻子只好被迫跟他离婚，只有这样他才能娶你。”

“你根本不清楚自己在说什么。”她叫道。

“你才脑子不开窍，是个傻瓜呢。”

他的语气是那样轻蔑，气得她满脸通红。她生气也许主要是因为他以前说的话总是甜蜜入耳，叫人听了高兴，如今说出的话却这般刺耳。她习惯于他对她百依百顺，哪里受得了这气，于是说道：“如果你想知道真相，那就告诉你：他急着娶我呢，而多萝西·汤森德很乐意跟他离婚；我们俩一旦自由，就立刻结婚。”

“这是他明确告诉你的，还是你从他的态度上得到的印象？”

沃尔特的目光辛辣，饱含嘲讽，让凯蒂有些不安。她不太确定查理是否明确说过这样的话。

“这话他说了好多遍了。”

“你撒谎。你很清楚这是谎言。”

“他全身心地爱我——他对我的爱深情、强烈，一如我对他的爱。既然你现在都知道了，我也没什么可否认的了。我何必否认呢？我们俩相爱已经一年了，我为此而感到骄傲。对我而言，他就是这个世界上的一切。很高兴你终于知道了我们的事——我们早已厌烦了这么偷偷摸摸、遮遮掩掩地过日子。我嫁给你是个错误——都怪我犯傻，走了那样一步棋。我从未爱过你，因为你我就不是一类人。你喜欢的人我不喜欢，你感兴趣的事情我却觉得无聊。谢天谢地，现在这一切都结束了。”

他看着她，动也不动，脸上没有任何表情，只是专心听着，一副无动于衷的样子，似乎丝毫没有受到她的话的影响。

“你知道我为什么跟你结婚吗？”

“因为你想赶在你妹妹多丽丝之前结婚。”

这是事实，但她还是感到有些惊讶，没想到他竟然知道这种情况。奇怪的是，即便她倍感恐惧与愤怒，心里却仍然生出了几分对他的同情。而他淡淡一笑说：“我对你不抱什么幻想，明明知道你愚蠢、轻浮、没有头脑，却依旧爱你；我知道你的目标和理想既庸俗又平常，却依旧爱你；我知道你是个难登大雅之堂的人，却依旧爱你。想一想真是好笑，我投其所好，竭尽全力让自己喜欢你所喜欢的东西，竭尽全力隐瞒一个事实——其实我并不无知、庸俗、愚蠢，并不爱传播小道消息。我知道你对智慧有恐惧症，所以就千方百计地让你觉得我是个大傻瓜，跟你认识的其他人一样。我知道你嫁给我只是图个方便，但我太爱你了，对此并不在乎。就我所知，大多数人陷入爱河后，若爱情得不到回报，就会觉得委屈，渐渐变得愤怒和痛苦。我跟他们不一样，压根就没指望你会爱我，也看不出你出于什么原因会爱我——我一直觉得自己就不是个可爱的人。你能允许我爱你，我感激都来不及呢。有时我觉得你愿意跟我在一起生活，有时我还注意到你的眼里闪烁出愉悦和爱的光芒，你都不知道我有多高兴。我爱你，但竭力不让你因此而感到厌烦——我知道那是一种让我承受不起的罪过。所以我一直察言观色，唯恐你对我的爱露出不耐烦的迹象。爱情，大部分丈夫都认为那是自己有权得到的东西，我却宁愿将其视为恩赐。”

凯蒂从小听惯了奉承的话，哪里听过这样的话，心中不由升起一股无名之火，竟忘记了恐惧，似乎连气都喘不过来了，只觉得血脉偾张，太阳穴突突乱跳。女人的虚荣心一旦受到伤害，就会产生报复的欲望，其欲望之强烈要胜过一头被夺去了幼崽的母狮。凯蒂的下巴本来就有点儿方正，现在翘起来，显得极其难看，美丽的眼中满怀恶意。不过，她忍了忍，没有发作。

“如果一个男人自己不行，不能够让女人爱他，那只能怪他自己，怪不得别人。”

“显然如此。”

他的语调阴阳怪气，增加了她的愤怒。她觉得自己应该保持平静，这样更能刺伤他，于是说道："在我生长的环境里，别人喜欢什么我就喜欢什么——我喜欢跳舞、打网球、看戏，喜欢爱运动的男人。实话实说，你本人以及你所喜欢的那些东西历来都让我厌烦。我对它们不感兴趣，也不想感兴趣。你拖着我在威尼斯那些画廊里转个没完，我倒更喜欢在桑威治打高尔夫。"

"我知道。"

"很遗憾我没能成为你所希望的那种人。不幸的是我一直在生理上排斥你，这你恐怕不能怪我。"

"我不怪你。"

假如他勃然大怒，暴跳如雷，凯蒂倒更容易应付——她可以以其人之道还治其人之身。他超常的自我克制却叫她无计可施，使得她比以前更讨厌他了。

"我觉得你根本就不像个男人。既然你知道我跟查理待在屋子里，为什么不破门而入？你起码应该把他揍一顿吧。你是害怕吧？"

然而话一出口，她就脸红了，觉得有点儿无地自容。他没有回答，但她看见他的眼神冰冷、轻蔑，嘴角闪过一丝冷笑。

"这可能是因为我像某个历史人物，由于清高而不屑于动武。"

凯蒂想不出反击的话，只是耸了耸肩膀。一时间，他凝视着她，用目光将她锁定。

"我觉得该说的我都说了。如果你拒绝去湄潭府，我就去撤回申请。"

"你为什么不同意我跟你离婚？"

他终于将目光从她身上移开，靠在椅背上，点了一支烟，直到吸完也没说一句话。然后，他扔掉烟头，微微一笑，再次盯着她看。

"假如汤森德夫人能向我保证，说她会跟她丈夫离婚，假如他给我一份书面承诺，保证在他们的离婚判决生效后一个星期内娶你，我就同意。"

他话中有话，她听了感到不安，但她的自尊迫使她大大方方接受了他的提议。

“你真是慷慨大度，沃尔特。”

谁知他突然放声大笑起来，叫她一愣，不由气得涨红了脸，说道：“你笑什么？我看不出有什么可笑的。”

“请你原谅，恐怕是我的幽默感在作祟。”

她蛾眉紧锁，看了看他，想说几句挖苦伤人的话，却想不出合适的词。他看了看手表说：“要是你想趁汤森德在办公室的时候去找他，最好抓紧时间。如果你决定跟我一道去湄潭府，后天就必须动身。”

“你想让我今天就告诉他？”

“人常言：机不可失，时不再来。”

她的心跳开始加快。她有种感觉，不是不安，她也说不上那到底是什么。她希望能从容一些，好让查理有心理准备。不过，她对他抱有最大的信任，坚信他爱她，就像她爱他一样强烈，一定会接受这些条件——对此她毫不怀疑，哪怕只有一丝怀疑都是对爱情的背叛。她表情严肃地转过脸对沃尔特说：“我认为你根本不知道什么是爱情。你丝毫不了解查理和我彼此间爱得有多么深。说实在的，我们的爱情才是最重要的，不管让我们做出什么样的牺牲，我们都会义无反顾。”

说完，她便昂首阔步地走出了房间，而他朝她微微躬了一下身子，什么也没说，目送着她离去。

第二十四章

她把一张便条送到了查理的办公室，上面写道：“求见，十万火急。”一个中国小厮让她等着，自己进去通报，随后出来说汤森德先生会在五分钟后见她。她莫名其妙地紧张起来。当被引进查理的办公室时，他上前与她握手。等那小厮出去，房门关上只剩下他们两个人时，他便马上换掉了那种和蔼可亲、彬彬有礼的做派。

“我说，亲爱的，你真不该在上班的时候来这儿。我手头有一大堆事情要做，再者也不能让别人说闲话。”

她睁着一双漂亮的眼睛看着他，看了好一会儿，想要笑一笑，但嘴唇僵硬，笑不出来。

“若不是万不得已，我是不会来这儿的。”

他笑了笑，挽起她的胳膊说：“好吧，既然来了，就坐一坐吧。”

这间屋子空荡荡的，很窄，天花板很高，墙壁漆成两种深浅不同的赤土色。屋里没有别的家具，只有一张大办公桌和两把椅子——一把是转椅，是汤森德坐的，另一把是皮扶手椅，供来客坐。凯蒂羞怯地在扶手椅上落座，而他则在办公桌前坐下。她见他戴着眼镜——她以前从没见他戴过，也不知道他近视。他注意到她在盯着他的眼镜看，便摘了下来说：“我只在读东西的时候戴一戴。”

说话间，她不知怎么竟哭了起来，眼泪像断了线的珠子一样落了下来。她并非故意做戏，而是出于本能地想激起他的同情。他茫然地看着她问:“出什么事啦?哦,我亲爱的,不要哭。”

她掏出手帕,试图止住抽泣。他按了一下铃,等那个小厮来到门口时便走过去说:“要是有人找我,就说我出去了。”

“好的,先生。”

小厮拉上了门。查理坐到了椅子的扶手上,伸出胳膊搂住凯蒂的肩膀说:“好了,我亲爱的凯蒂,告诉我出了什么事。”

“沃尔特想要离婚。”她说。

她感到他搂着她肩膀的胳膊松弛了,他的身体变得僵硬了。沉默了片刻后,汤森德从她的椅子扶手上站起身,坐回了他自己的椅子上。

“到底是怎么回事?”他说。

她听出他的声音变得沙哑,便瞥了他一眼,发现他脸色阴沉,有点儿发红。

“我跟他进行了一场交谈,然后就直接从家里跑了过来。他说他掌握了所有的证据。”

“你自己没承认,对吧?你什么都没承认吧?”

她一颗心直朝下沉,答道:“是的。”

“你肯定吗?”他紧紧盯着她问。

“十分肯定。”她又撒谎说。

他往椅背上一靠,目光空洞地望着对面墙上挂着的中国地图。她焦急地看着他,有点儿六神无主,想不到他听到这消息后竟会有如此做派。她原以为他会将她抱在怀里,说一声谢天谢地,因为现在他们终于可以永远在一起了。不过话又说回来,男人的心思叫人难以猜透。想到这里,她嘤嘤哭了起来,这回哭不是为了激起他的同情,而是一种感情的自然流露。

“这下子惹出大祸了,”他最后说道,“但咱们不能失去理智。哭鼻子是解决不了问题的,这你该知道。”

她注意到他声音有些恼火,便擦干了眼泪说:“这怪不得我,查理,我也是没办法啊。”

“你当然是没办法，怪只怪咱们运气不好。这事儿不能只怪你，我也有责任。当务之急是想办法摆脱困境，因为你恐怕跟我一样，也是不想离婚的。”

她倒吸了一口冷气，向他投去了疑问的目光，觉得他根本就没设身处地为她想一想。

“真不知他到底掌握了什么证据，不知他怎么能证明咱们在那个房间里待过。总的来说，咱们还是挺谨慎的。我敢保证古董店的那个老头儿不会指证咱们——就算他看见咱们进了店，也没有理由怀疑咱们，而会觉得咱们是去那里淘古董的。”

他与其说是在跟她讲话，倒不如说是在自言自语。

“提出指控并不难，但要拿出证据证明就没那么容易了，无论哪个律师都会跟你这么说的。咱们的策略是对所有的指控都一口否认。如果他提出要打官司，咱们就说乐意奉陪，要打就打。”

“我可不能上法庭，查理。”

“为什么不能？恐怕你必须背水一战。上帝知道，我并不想闹得满城风雨，但树欲静而风不止，此事是想压都压不住的。”

“为什么非得背水一战呢？”

“这还用得着问吗？毕竟这不仅仅关系到你一个人，跟我也有扯不断的联系。不过，实际上我觉得你不必为此而担心。咱们总有办法把你丈夫摆平的。唯一让我发愁的是怎么能找到锦囊妙计。”

突然，他犹如醍醐灌顶一般有了主意。只见他把脸转向她，面带迷人的微笑，说话的腔调也变了（他刚才的语气还生硬、务实，此刻却换上了一副贴心的语气）。

“恐怕这件事叫你心烦得要命，可怜的小女人。这太糟糕了。”他伸出一只手，将她的手握住说，“咱们陷入了困境，但一定能摆脱的。这已不是……”他突然打住话头，停顿了一下才继续说了下去（凯蒂怀疑他原本想说这已不是他第一次摆脱这样的困境了），“最重要的是咱们必须保持头脑冷静，你知道我绝不会让你失望的。”

“我不怕，我才不在乎他会做出什么样的事情呢。”

他仍然面带微笑，但也许那笑容有些勉强。

“如果事情到了不可收拾的地步，我就只好向总督汇报了。他会把我骂得狗血喷头，但他这个人心眼好，见过世面，一定能想办法将大事化小，小事化无。毕竟，手下出了丑闻对他是没有任何好处的。”

“他能怎么做？”凯蒂问。

“他可以向沃尔特施压，可以利用沃尔特的野心压他，如若不成就用责任心压。”

凯蒂有些寒心，觉得自己好像没能让查理看到事情已经到了多么严重的地步。他那轻飘飘的态度让她感到不耐烦。她后悔来他的办公室见他，因为这里的环境让她心存戒备。要是换个地方，投入他的怀抱，用胳膊搂住他的脖子，她就能轻易地把心里的话说清了。

“你不了解沃尔特。”她说。

“但我知道每个人都有他的价码。”

她一心爱着查理，但他的回答让她不安，她认为如此聪明的人不该说出这种愚蠢的话。

“我觉得你还没意识到沃尔特有多气愤——你是没见他的脸色以及他的眼神。”

他一时没有答话，而只是面带轻蔑的微笑看着她。她了解他的心思，知道他在想：沃尔特只不过是个细菌学家，处在一种从属地位，是不敢轻易冒犯香港上层官员的，免得惹祸上身。

“欺骗自己一点儿用也不顶，查理。”她认真地说，“如果沃尔特打定主意提起诉讼，无论你还是别的任何人说什么，都不会对他产生丝毫影响。”

他的脸色再次变得凝重、阴沉了。

“莫非他是想让我也成为被告？”

“一开始是的，最后我费了些口舌终于让他同意协议离婚了。”

“哦，好，那还不算太糟糕。”他又放松了下来，她看见他眼里出现了如释重负的神情，“我看这是条很好的摆脱困境的出路。毕竟，这是一个男人最起码的风度，是唯一体面的做法。”

“但他提了条件。”

他看了看她，眼里有一个问号，心里似乎在掂量着什么。

“我当然不算很有钱，但只要能办到，就一定会尽力的。”

凯蒂一时无语，怎么也想不到查理竟会说出这种话——这话使得她难以再说下文了。她原本指望他会用爱的臂膀搂住她，让她把发烫的脸埋在他的胸口上，而她则会来个竹筒倒豆子，一口气把话说完。

“他说只要你妻子向他保证会跟你离婚，他就同意跟我离婚。”

“还有别的吗？”

凯蒂感到难以启齿，但最后还是开口说道：“还有……他有句话实在太难听了，查理，听起来太刺耳了……他说如果你保证在你们的离婚判决生效后一个星期内娶我，他就同意离婚。”

第二十五章

他沉默了一会儿，然后又拉起她的手，轻轻揉搓着说："你知道，亲爱的，无论发生什么事情，都不能把多萝西牵连进来。"

她茫然地看着他说："但我不明白，这怎么能做得到。"

"哦，人生在世，不能只考虑自己。你知道，如果情况允许，这世界上我最想做的事情就是跟你结婚。可是，这是不可能的。我了解多萝西，她是死也不会跟我离婚的。"

凯蒂吓坏了，又哭了起来。他站起身，在她身旁坐下，搂住她的腰说："千万别伤心，亲爱的。咱们得保持冷静。"

"我还以为你爱我……"

"我当然爱你，"他温情脉脉地说，"对于这一点你万不能有任何怀疑。"

"如果她不跟你离婚，沃尔特就会让你也成为被告。"

他沉吟了好一会儿，才用一种干巴巴的语气说道："这当然会毁了我的事业，但恐怕对你也不会有什么好处。假如事情真的到了不可收拾的地步，我就对多萝西交根交底。她会非常伤心，非常痛苦，然而却会原谅我。"他灵机一动，突然想出了个点子，"说不定'交根交底'还是上策呢。如果让多萝西去找你丈夫谈谈，我敢说她一定能叫他回心转意，让他管住自己的舌头。"

"这是不是说你不想和她离婚？"

“唉，我得为我的几个孩子着想，是不是？再说，我也不想让她不开心。我们一直相处得很好——对我来说她是位贤内助，这你是知道的。”

“那你为什么跟我说，她在你眼里一文不值呢？”

“我可从没说过这话，只说过我跟她没有爱情。我们好多年都不同房了，只是偶尔在一起睡过那么几次——一次是在圣诞节那天；一次是在她回娘家的前一天，以及她回来的当天。她这种女人不喜欢干那种事情。不过，我们一直相敬如宾，和和睦睦的。我可以这样告诉你，我依赖她的程度超过任何人的想象。”

“你不觉得当初不来找我岂不是更好吗？”

她觉得奇怪，自己害怕得都快喘不过气了，竟然还能如此镇定地说话。

“你是我多年来见过的最可爱的小东西。我疯狂地爱上你，这怪不得我。”

“再怎么样你也说过绝不会让我失望的。”

“我的天哪，我也没打算让你失望呀。咱们陷入了倒霉的困境，只要能使你解脱，叫我做什么事情都行。”

“只是除了那件摆在你面前的、很自然的事情吧？”

他站起来，坐回到了自己的椅子上。

“亲爱的，做事情必须理智，必须坦率地面对现实。我不想伤害你的感情，但有必要跟你讲明实情：我很看重自己的事业，因为说不定哪一天我就能登上香港总督的宝座呢，那可是令人垂涎的职位。除非把这件事压下去，否则我一点指望都没有——我或许不至于离职，但身上永远背着一个污点。假如非离职不可，我就只好到中国内地做生意了，那儿我很有人脉。无论出现哪种情况，我都必须有多萝西在身旁支持我才行。”

“那你何必对我说，这个世界上除了我，你什么都不稀罕？”

他听了有些恼怒，耷拉下了嘴角。

“哦，亲爱的，对于一个男人爱上你时说的话，你是不该抠字眼的。”

“那么你并没有当真？”

“当时是当真的。”

“要是沃尔特跟我离婚的话，我该怎么办？”

“假如此事实在兜不住，那就索性不兜了。反正也不会成为什么负面新闻，因为现在的人心大，看得开。”

凯蒂这才第一次想到了母亲，想到了她会怎样说，不由浑身战栗。她又将目光投向汤森德，心中的痛苦现在又加上了一丝怨恨。

“我得承担许多风险，要是把这些风险叫你承担，你恐怕不会觉得为难吧？”她说。

“咱们光靠说说风凉话是解决不了什么问题的。”他回答道。

她绝望地叫出了声——糟就糟在她爱他爱得死去活来，心里却又有着说不出的苦涩，觉得他不可能理解他对她有多么重要。

“啊，查理，难道你不知道我有多爱你吗？”

“我知道，亲爱的，我也爱你。只是咱们不是生活在孤岛上，而是必须想方设法应付周围的环境。你必须理智些才对。”

“我怎么理智得了？对我来说你我的爱情就是一切，你就是我的整个生命。可对你来说这不过是个小插曲，认识到这一点实在让人心寒。”

“这当然不是小插曲。但你知道，你让我跟我的糟糠之妻离婚，然后跟你结婚，致使我的事业毁于一旦，这样的要求也太过分了。”

“跟我愿意为你付出的一切相比，一点儿也不过分。”

“你我的情况大不相同。”

“唯一的不同在于我爱你，而你不爱我。”

“一个男人可能会与一个女人陷入热恋，但并不希望跟她一道度过余生。”

她飞快地瞥了他一眼，不由绝望到了极点，大滴的泪珠从脸上滚落了下来。

“啊，这话太绝情了！你怎么能如此狠心？”

她歇斯底里地抽泣着。他不安地朝门口那边看了一眼说："亲爱的，你得克制一下自己。"

"你不知道我有多爱你，"她一口一口喘着大气说，"没有你我就活不下去。难道你对我就没有一点怜悯之心吗？"

她说着说着就再也说不下去了，止不住泪珠滚滚，呜咽作声。

"我并不想成为负心汉，老天知道我并不想伤害你的感情，但我必须把实情告诉你。这一下把我的一辈子全毁了。你为什么不能放过我呢？我做过哪件伤害你的事了？当然，如果把所有责任都推到我身上能让你解脱，那就请便。"

凯蒂立时勃然大怒，说道："是我向你投怀送抱吗？是我恳求你，搅得你不得安宁，非让你爱我不成？"

"我没这么说。但如果你当初态度不明确，没表示出愿意接受别人的爱，我是绝不会产生那样的念头，向你抛出橄榄枝的。"

唉，想一想真丢人！她知道他说的是实情。此时的他铁青着脸，满面愁容，两只手不安地动来动去，时不时会恼怒地瞥上她一眼。

"你丈夫不会原谅你吗？"他过了一会儿问。

"我没向他请求过原谅。"

一听这话，他不由将两手攥成了拳头。她看出他想说句气话，但话到了嘴边又压了下去。

"你为什么不去找他，请求他原谅呢？如果他真像你说的那样深爱着你，就一定会原谅你的。"

"那你真是太不了解他了！"

第二十六章

她擦干眼泪，尽量让自己镇静下来。

“查理，你要是抛弃了我，我会死的。”

她现在被逼无奈，只好尽量争取博得他的同情了。她觉得必须马上摊牌，让他知道她面临着可怕的抉择，相信一定会强烈地激起他的豪爽之心、正义感以及男子气概，然后他会将一切都抛于脑后，只考虑她的安危。啊，她是多么渴望他伸出有力的臂膀关爱她和保护她啊！

“沃尔特想让我去湄潭府。”

“是吗？那儿正闹霍乱——那可是该地五十年来最严重的疫情。那可不是女人该去的地方，你绝不能去。”

“如果你叫我失望，我就不得不去了。”

“你是什么意思？我不明白。”

“沃尔特要去那里接替一个死去的传教士医生的位置，想让我和他一起去。”

“什么时候？”

“就是现在，马上就动身。”

汤森德把椅子往后一推，用不解的眼神看着她。

“可能是我脑子太笨，简直听不明白你的话，觉得有点儿发蒙。如果他想让你跟着去，为什么还要离婚？”

“他让我做出选择，要么我去湄潭府，要么他就提起诉讼。”

“哦，这下我明白了。”汤森德的语气稍稍有了一点变化，“我认为他这是明智之举，你觉得呢？”

“明智之举？”

“是的，是一种大义凛然的举措，换了我，我是不敢去的。当然，待他凯旋，便可以获得一枚圣乔治勋章。”

“可我该怎么办呢，查理？”她痛苦地叫了起来。

“哦，我觉得如果他要你去，遇到这种情况你恐怕不好拒绝。”

“那就意味着死亡，绝对必死无疑。”

“唉，这话不吉利，也太夸张了。如果他认为有这种危险，是不太可能会带你去的。再说，你冒的风险并不比他大。其实，只要多加小心，是不会有生命之虞的。我来香港时，这里也闹过霍乱，不是照样毫发未损嘛。要紧的是，不煮熟的东西千万别吃，别吃生水果或沙拉什么的，注意喝的水一定要烧开。”他越说越自信，有点儿口若悬河、滔滔不绝了，甚至神情也变得活泼，不再那么阴沉了，几乎算得上轻松愉快，“毕竟这是他的工作，对吧？他对病菌感兴趣。仔细想想，这对他来说还是个好机会呢。”

“可我该怎么办呢，查理？”她又这般叫道，只是声音里已不再有痛苦，而是惊慌。

“这个嘛，要想了解一个男人，最好的办法是设身处地从他的角度看问题。在他看来你是个十分调皮的小东西，于是他就希望把你带离对你有危害的环境。我一直认为他绝不打算跟你离婚，印象中他不该是那种人。他给出了一个他自认为慷慨大度的提议，而你却拒绝了，扫了他的颜面。我不想责怪你，但为了咱们大家好，我还是认为你应该考虑考虑。”

“可是，难道你不明白那是赴死吗？难道你看不出他带我去那儿是因为他明知道这样会杀了我吗？”

“唉，亲爱的，别说这种话。咱们目前的处境够难堪的了，哪有时间玩这种感情游戏。”

“看来你是揣着明白装糊涂。”她心痛如绞，恐惧万分，差点儿没尖叫起来，“你不能就这样让我去送死。就算你不爱我、不心疼我，也总该有正常人的感情呀。”

“我觉得这样说实在太委屈我了。就我的理解，你丈夫表现得十分大度。只要你给他机会，他就愿意原谅你，想把你带走避一避。有了这个机会，你可以到外地待上几个月，远离对你有害的环境。我不会违心说湄潭府是什么疗养胜地，我看中国没有任何城市算得上是疗养胜地。不过也没必要畏之如虎，实际上听风就是雨最要不得。依我看，一场瘟疫下来，纯粹死于惊吓的人不比受感染而死的人少。”

“话虽如此，但我还是感到害怕。沃尔特一提这事儿，差点儿没把我吓昏过去。”

“这我完全理解。一开始的确会叫人心头一惊，但静下来想一想，就不会觉得有什么可害怕的了。这样的人生经历不是每个人都能得到的。”

“我原以为，我原以为……”

她痛苦万分，前后摇晃着身子。他没吭声，又沉下了脸，脸色铁青——这副嘴脸她以前可是从未见到过的。她现在已经不哭了，眼里不再有泪水，变得非常淡定，以低沉而坚定的声音说道：“那你是想让我去喽？”

“没有选择的余地，不是吗？”

“真的吗？”

“不妨跟你实说了吧，如果你丈夫提起离婚诉讼并打赢了官司，我也不可能跟你结婚。”

好像过了一个世纪，她才慢慢站起身来，开口说道：“我觉得我丈夫从来都没有过起诉离婚的念头。”

“看在上帝的分儿上，那你为什么要吓唬我，差点儿没把我的魂吓掉？”他问。

她冷冷地看着他说：“他知道你一定会让我失望。”

说完，她沉默了下来。这就有点儿像你学习外国语时看文章，一开始朦朦胧胧的什么都看不明白，后来某个单词或句子给了你一点线索，结果突然间你便有所醒悟，困惑的大脑中闪过一线亮光。她此刻就是这种情况，朦朦胧胧地对沃尔特的心理活动有了一丝了解。她犹如置身于漆黑一片、阴森可怕的环境中，周围的一切突然被一道闪电照亮，但马上又没入了茫茫的夜色里，而她被自己看到的场景吓得直打哆嗦。

“他那样威胁我，只是因为他知道你一定会变卦，变成缩头乌龟，查理。奇怪，他怎么能把你看得那么透彻。他就是这种人，非让我直面残酷的现实，彻底醒悟过来。”

查理低头看着眼前的吸墨水纸，眉头微皱，嘴唇紧绷，一声也不吭。

“他知道你虚荣、怯懦、自私自利，于是想让我亲眼看看你的真面目。他知道一有个风吹草动，你溜得比谁都快。他知道我受到了欺骗，竟认为你爱上了我，因为他知道你不爱任何人，只爱你自己。他知道你会毫不犹豫地把我当牺牲品，以便保全你自己。”

“假如对我恶语相加能让你获得满足，我觉得我也没什么可说的了。女人总是这么不公平，一出事就把过错推到男人身上，使男人有口难辩。”

她没理会他的辩白，继续说了下去。

“现在我把这一切都看清了，看清了你冷酷无情，看清了你自私自利，自私得难以用语言形容，看清了你胆小如鼠，看清了你是个大骗子、伪君子，看清了你是个卑鄙无耻的小人。最悲惨的是……”说到这里，由于太伤心，她脸色突变，“最悲惨的是尽管如此，我仍然全身心地爱你。”

“凯蒂。”

她苦涩地笑了一声，觉得他叫她的名字时，声音虽然悦耳、动人，却缺乏任何情意。

“你是个蠢材。”她说。

他一听，把身子急忙又缩了回去，气得脸红脖子粗，简直理解不透她的心思。而她看了看他，眼睛里闪过一丝快意。

“你开始讨厌我了，是吗？好呀，那就讨厌吧，反正现在这对我没什么了不起的。”

她开始一只一只地戴手套。

“你打算怎么办？”他问。

“哦，别害怕，不会伤害到你的。你完全可以高枕无忧。”

“看在上帝的分儿上，别用这种腔调说话，凯蒂。”他回话说，声音低沉，里面饱含忧虑，“你得明白咱俩在一条船上，命运息息相关。我很担心，想知道你有什么打算。你准备怎么跟你丈夫说？”

“我准备告诉他，我愿意跟他一道去湄潭府。”

“也许等你同意了，他反倒不强求了。”

他话一出口，就见她在用一种古怪的眼神看自己，叫他不明就里。

“实际上你是不是害怕去那里？”他问她。

“不害怕。”她说，“你的一席话鼓舞了我，使我有了勇气。去霍乱疫区的确是一种独特的人生经历，万一我死在那儿……唉，生死有命，死就死吧。”

“我是想尽我所能对你好些的。”

她看着他，眼泪再次涌上眼眶，心中千头万绪，冲动之下真想扑到他怀中，热吻他的嘴唇。但她克制住了这种冲动。

“如果你想知道，”她说道，极力让声音保持平静，“那我就告诉你，我是心里带着死亡的阴影和恐惧走的。我不知道沃尔特那黑暗、扭曲的心里在打什么主意，但我的确吓得浑身发抖。我觉得也许死亡真是一种解脱吧。”

她觉得再待下去就控制不住自己了，于是快步朝门口走去，不等他从椅子上站起身便出了门。汤森德如释重负，长长地舒了一口气，觉得必须赶紧来一杯白兰地加苏打水舒缓一下情绪。

第二十七章

她到家时沃尔特已经回来了。她本想直接回她的房间，但他正在楼下的大厅里向一个男仆交代事情。她心如死灰，有点儿破罐子破摔，反而不怕承受羞辱了，便站定脚跟对他说道：“我跟你去那地方。”

“哦，好啊。”

“你想让我什么时候把行囊准备好？”

“明天晚上。”

他的冷漠就像一根长矛刺痛了她。她不知从哪儿鼓起一股蛮横的勇气，随后说出的话连自己也吃了一惊。

“我想只带几件夏天的衣服，外加一块裹尸布就够了，对吧？”

她观察着他脸上的神情，看出自己的刻薄话激怒了他。

“我已经告诉你的女佣需要带什么了。”

她点点头，便上楼回她的房间了，脸色惨白如纸。

第二十八章

他们一行终于快抵达目的地了。多日来，他们天天坐着滑竿赶路，行走在田间小道上，身边是无边无际的稻田。他们天亮就出发，正午酷热难挨时就在路边小客栈里歇歇脚，然后又一路兼程，一直赶到预先安排好过夜的小镇才停下来。凯蒂的滑竿走在最前边，接下来就是沃尔特的滑竿，夫妇二人身后跟着一队脚夫，排着凌乱的队形，抬着他们的铺盖、日用品和器材设备。

对于乡间的景色，凯蒂视而不见。在漫长的旅途中，大家都一声不响，只有不知哪个轿夫偶尔会说上一两句，或者哼上一首村野小调。对于查理办公室里那令人痛心的一幕，她久久难忘，翻来覆去回想着其中的每个细节。回想起他们谁说了些什么，谁回答了什么，她不无诧异地发现他们之间的谈话竟是那般枯燥乏味和缺乏情意。她所说的话并非出于她的本心，语气也并非出于本意。彼时要是能让他了解她是多么爱他，她的感情是多么真挚，她又是多么无助，兴许他就绝不会那样无情，丢下她不管。当时的情况真是叫她措手不及。当他向她表明他根本不在乎她时（虽然没有直说，但意思再明白不过了），她简直不敢相信自己的耳朵了。正因为不相信，她才没有失声痛哭（那时的她晕晕乎乎，一头雾水）。事后，她才伤心地哭了起来，哭得一把鼻涕一把眼泪。

晚上在客栈里，跟丈夫同住一间上等客房，她感觉得到几英尺外躺在折叠床上的沃尔特辗转反侧，彻夜难眠。于是她便用牙咬住枕头，不让自己发出任何声音。可到了白天，滑竿上有帘子挡着，她就让内心的情绪释放了出来。她痛苦万分，心如刀扎，真想放开嗓门大叫出声。以前她哪里知道一个人竟会蒙受这么大的磨难，于是便自问她究竟造了什么孽才会遭此报应。她弄不明白为什么查理说不爱她就不爱她了，觉得这也许是她的错。可是，为了讨得他的欢心，她可是付出了一片赤心，尽了一切努力呀！他们相处得那么融洽，在一起时总是欢声不断，笑语不绝于耳——他们不仅是情深似海的情人，也是推心置腹的知己呀！她无法理解这一切，觉得好像天都塌了。她心想自己也许憎恨他、鄙视他，但不知道如果再也见不到他，今后的日子该怎么过下去。倘若沃尔特带她来湄潭府，是想借此惩罚她，那他就是愚人之见。她哪里还在乎什么惩罚不惩罚——她觉得自己已经没有什么活头了。生活多么残酷啊，她才二十七岁生命就到了头！

第二十九章

乘船走在长江的水路上，沃尔特一个劲儿看书，只在吃饭时才东一搭西一搭跟她扯上几句不当紧的话，口气就像是路人，仅仅是跟她碰巧同行而已。凯蒂觉得他这是出于礼貌，要不就是意在强调他们之间隔着一条鸿沟。

她突然想起自己曾经告诉过查理，说沃尔特威胁她，要她陪他去那座疫病肆虐的城市，否则就跟她离婚，其目的就想让她看看查理的真面目，看看他是多么冷漠、怯懦和自私。查理果然露出了真面目。这一招很灵，很符合沃尔特的本性——幽默，具嘲弄特色。他早就预料到会有什么样的结局，于是在她回家之前就吩咐女佣准备好了她的行囊。她曾经在他眼里看见了一种蔑视的神情，似乎不单单对她，还包括她的情人。或许他在对自己说，他如果处在汤森德的位置，就会不惜一切代价，哪怕是上刀山下油锅，也会满足她的任何要求。她知道他真的会那样做。可是，她既然已经睁开眼睛看清了事实，他怎么还忍心让她冒这么大的风险，这么担惊受怕呢？起初她以为他只是在做戏，直到他们真正启程。不，还要晚些，直到他们离开江边，坐上滑竿开始行走在田间小道上，她仍以为他会哈哈一笑，告诉她不用去了。她猜不透他葫芦里到底卖的是什么药。他不可能真的想置她于死地，因为他爱她爱得是那么深。

她现在知道什么是真正的爱情了，不由记起了他的千种情万种爱。的确，用一句法国俗语来说，她是“不识好歹，分不清好天和坏天”。现在，他可能不再爱她了。一个人难道就因为受了委屈，便终止自己的爱情吗？她让他受的委屈哪有查理让她受的委屈那样大！即便她受了天大的委屈，即便她看清了查理的真面目，但只要查理使个眼色，她依然会不顾一切地投入他的怀抱。即便查理拿她当牺牲品，一点儿都不在乎她，对她冷酷无情，她依然爱他。起初她以为只要耐心等待，早晚沃尔特会原谅她。她过于自信，认为自己仍有能力控制他，根本没想到这力量已经一去不返。她坚信他必定爱自己，因为“大水难熄爱情之火”[1]，而如果他爱她，他就会软弱妥协。不过，此时此刻她就没那么有把握了。傍晚时分，他坐在客栈的黑檀木直背椅子上看书，马灯的灯光照在他的脸上，使她能够从容地观察他脸上的表情。她躺在了草垫子上（她的被褥马上就会铺到上面），躲在阴影里，从那儿观察。但见他一脸严肃，五官端正但僵硬——你很难相信这张脸会有变化的时候，很难相信上面会出现甜蜜的笑容。他一直在看书，表情平静，仿佛她不在跟前，而是远在天边。她看得见他在翻动书页，看得见他的目光在有规律地移动，在一行一行地看，显然心里全然没有她。待店小二摆好餐桌，送来饭菜，他才把书放在一边，朝她看了一眼，没意识到在灯光下自己脸上的表情可以被她看得清清楚楚。她意外地发现在他眼里有一种厌恶的神情，不由大为惊愕。难道他的爱真的彻底消失了？难道他真的设下毒计，非要害死她不成？简直匪夷所思！只有疯子才那么做！奇怪的是，她突然产生一念，觉得沃尔特也许真的脑子有点儿不正常，这叫她顿感不寒而栗。

① 见《圣经·圣歌》第八段第七节。

第三十章

途中，一直沉默的轿夫们开口说了话。其中的一个转过身，说了几句她听不懂的话，又用手指了指以引起她的注意。她朝他手指的方向望去，看见山顶上有一座牌楼（现在她知道这种纪念物意在颂扬某个幸运的学者或贞洁的寡妇）。自从离开江边，她遇见过不少这样的牌楼。但这一座在夕阳的映衬下，显得格外壮观、漂亮，胜过她所见过的任何一座。然而，不知为什么，这让她感到不安。她觉得这座牌楼意有所指，但究竟指的是什么她却说不清道不明。她隐约感到那对自己是一种威胁，或者是一种嘲讽。

穿过一片竹林时，一根根竹子奇怪地朝小道斜着身子，仿佛想拦住她；尽管这是一个无风的夏日傍晚，那细长的绿色竹叶却在微微抖动。这让她觉得似乎有人藏在竹林中偷窥，看着她走过。等到他们一行来到山脚下，也就没有稻田了。轿夫们摇摇摆摆迈着大步上山。山上遍布绿色的小土包，密密麻麻，一个个互相挨得很近，一眼望去，地面形成棱纹状，就像退潮后的沙滩。这种情况她是知道的——每当接近或者离开一座人口稠密的城市，她都会在郊区路过这样的一块地方。这是坟地。现在她明白为什么轿夫们让她注意山上立着的牌楼了——他们抵达了旅程的终点。

穿过牌楼后，轿夫们停下来换肩，把竹竿从一侧肩膀换到另一侧，其中的一个轿夫用一块脏布擦了擦汗涔涔的脸。小道蜿蜒而下，两旁是一座座残破的房屋。夜幕正在徐徐降临。突然间，轿夫们叽叽喳喳说起了话，她感到滑竿猛地颠簸了一下，接着就见他们紧贴墙根站成了一溜。须臾，她发现了他们受到惊吓的原因——就在他们站在那儿议论纷纷的时候，四个农民抬着一口新的棺材走了过去，步履匆匆，一声不响。那棺材没有上漆，崭新的木料在渐渐逼近的黑暗中闪着白光。凯蒂感到毛骨悚然，吓得一颗心怦怦乱跳。棺材过去了，但轿夫们全都站着不动，好像破了胆，不敢再往前走了。这时后边传来一声吆喝，他们才继续前行。不过，他们谁也没有再说话。又走了几分钟，他们一行拐进了一扇敞开的大门。滑竿落地，她来到了新家。

第三十一章

这是一座平房。她走进客厅，坐下来。脚夫们进进出出，把他们的行李往屋里搬。沃尔特在院子里吩咐他们，指明该把各样东西放在何处。她累得浑身散了架，突然听到一个陌生的声音，不由吃了一惊。

“我可以进来吗？”

她脸一红，随即又变得苍白。她已过度劳累，这时来个陌生人让她精神紧张。一个男人从暗处走了出来（客厅低矮狭长，只点着一盏带罩子的灯，所以黑乎乎的），伸出手说：“我叫沃丁顿，是这儿的副关长。”

“哦，是海关的人。我知道，听说过你在这儿。”

灯光昏暗，她只能看清那是一个瘦小的男人，个子不比她高，秃头，脸很小，刮得很干净。

“我就住在山下，但你们走来的这条路是看不见我家的。我想你们舟车劳顿，一定累了，不便请你们到寒舍用餐，所以就叫人把饭菜送到这儿来，我自己也不请自来了。”

“听你这么说，我很高兴。”

“你会发现厨师的厨艺还是挺不错的。我把沃森的仆人留了下来，给你们用。”

“沃森是这儿的传教士吗？”

“是的，那是个大好人。如果你愿意的话，明天我带你去看看他的坟墓。”

“多谢你了。”凯蒂笑着说。

就在这时沃尔特走了进来。沃丁顿在跟凯蒂见面之前已经向他做过自我介绍，见他进来，便对他说：“我正对尊夫人说要跟你们一道用餐呢。自从沃森去世后，我连个说话的人都找不到了，只能跟那几个修女聊聊，而我的法语实在难登大雅之堂。再者，跟她们能谈的话题也十分有限。”

“我吩咐了仆人，叫他们送些酒来。”沃尔特说。

仆人送来了威士忌和苏打水。沃丁顿开怀畅饮，说话有点儿不着边际，还动辄嘿嘿地傻笑，这让凯蒂觉得他进来时就已经有几分醉意了。

“祝你们走运。”他说了句祝酒词，然后转向沃尔特说，“这儿有的是救死扶伤的事务等着你呢。老百姓像苍蝇一样成批死去，地方长官早已焦头烂额，驻军指挥官朱上校也忙得不可开交，怕的就是有人趁机打劫。要是不立刻采取措施，咱们统统都得让人杀死在自己床上。我劝那些修女离开，但她们当然不肯走，一个个都想当烈士。真是活见鬼！”

他把话说得很轻巧，阴阳怪气，声音里带着笑，叫你听了也不由想笑。

“你为什么不走呢？”沃尔特问。

“唉，我的人已经损失了一半，剩下的那些也随时都可能会躺倒死去。总得有人留在这儿维持局面吧。”

“你打疫苗了吗？”

“打了，沃森给我打的。他也给自己打了，可是不管用。可怜的家伙！”说到这里，他转向了凯蒂，那张滑稽的小脸笑容可掬，“只要防范措施得当，我觉得不会有多大风险。喝牛奶和水一定要煮开，别生吃水果，也别吃未经烹调的蔬菜。你们带留声机的唱片了吗？”

“没带，怕是没带。”凯蒂说。

“太遗憾了，我还指望你们能带几张过来呢。我很长时间都没听新唱片了，那些旧的都听烦了。”

仆人进来问他们是否可以开饭。

“你们今晚就别换衣服了吧？”沃丁顿说，“我的仆人上星期死了，现在的那个笨得要命，所以我吃晚饭就不换衣服了。”

“我去摘了帽子。”凯蒂说。

她的房间在客厅的隔壁，里头几乎没什么家具。一个女佣正跪在地上解她的行李，身旁放着一盏灯。

第三十二章

餐厅很小，大半地方被一张硕大的桌子占据，墙上挂着描绘《圣经》场景的版画和相应的文字说明。“传教士的餐桌都很大。”沃丁顿解释道，“他们每多一个孩子，都能多拿些年薪，所以在结婚时就买下大餐桌，以便有足够的地方容下未来的小客人。”

天花板上挂着一盏大大的煤油灯，这下凯蒂就看得比较清楚了，能细细打量沃丁顿到底是个什么模样。她起先见他头秃，便错以为他已不再年轻，但现在看他应该还不到四十岁。他天庭饱满，一张小窄脸光光的，红润而没有皱纹，但丑得像猴子的脸，只不过丑归丑，还是有几分魅力——那是一张十分有趣的脸。他的鼻子和嘴巴比小孩子的大不了多少，还有那双小小的、明亮的蓝眼睛也如稚童一般。他的眉毛好看是好看，却很稀疏，总体看上去像一个滑稽的老小孩。他杯不离手，喝到后来，谁都看得出他已有八九分醉意了。不过，就算他喝醉了也不让人讨厌，快快乐乐的，活像从沉睡的牧羊人那里偷走酒囊的森林之神萨蒂尔[1]。

他说起了香港——他在那儿有许多朋友，很想知道他们的近况。一年前他曾去香港看过赛马，这时便聊起了那些马以及马的主人。

“顺便问一句，汤森德怎么样了？”他突然问道，“他会当上政

---

① 古希腊神话中的角色。

务司的司长吗？”

凯蒂觉得自己羞红了脸，但她的丈夫并没去看她。

“这我丝毫不怀疑。”沃尔特回答说。

“他是那种在官场上如鱼得水的人。”

“你认识他？”沃尔特问。

“是的。我跟他很熟，我们俩曾经一道去海外旅行过。”

他们听到河对岸传来一阵锣声和噼噼啪啪的鞭炮声——他们对面不远处的那座大城正深陷恐怖，死神飞快地穿街过巷，来得是那么突然，又是那么无情。然而，沃丁顿却大谈起伦敦来，谈起了伦敦的各家剧院。对于那儿眼下正在上演什么戏，他了如指掌。他还回忆往事，谈起他上一次回国休假都看了哪些戏。回忆起某位粗俗喜剧演员的幽默表演，他禁不住哈哈大笑，而回忆起某位歌舞喜剧明星那沉鱼落雁的容貌，他则啧啧赞叹。谈到这里，他吹嘘起了他的某个表兄，说他娶了一位当红明星，说自己还跟那个明星在一起吃过饭，对方将她的一张靓照送给了他。他许诺说，等下次沃尔特夫妇去海关跟他一道用餐时，就一定拿给他们看。

沃尔特看着他的客人，目光冰冷，里面含着嘲讽，但显然被逗乐了。针对沃丁顿所谈的话题，他尽量礼貌地表现出一些兴趣，嘴角挂着一丝淡淡的微笑，但凯蒂心里清楚他是一点儿兴趣也没有的。不知为什么，凯蒂心里感到非常害怕。待在已故传教士的这座宅子里，河对岸就是一座疫病肆虐的城市，他们三个似乎与世隔绝，是那样孤独，而他们彼此又是那么陌生！吃完饭，她从桌边站起来说：“失陪了，晚安，希望你别介意。我要去睡觉了。”

“我也该走了，我想医生也要去睡觉了。”沃丁顿说，“明天一大早我们得出门做事呢。”

跟凯蒂握手时，他并没有因为喝多了酒而站不稳脚跟，一双眼睛闪着亮光，比刚才更亮了。

“明天我来接你，”他告诉沃尔特，“先带你去见地方长官和朱上校，然后去修道院。告诉你吧，够你忙活的了。”

第三十三章

这一夜她怪梦不断，觉得自己好像坐着滑竿走在路上，晃晃悠悠的，轿夫们大步流星，但步子迈得很不均匀。她梦见自己进了城，城里很开阔，灰蒙蒙的。许多人围过来，用好奇的目光打量她。那些街道狭窄、曲折，街上的店铺开着门，里面摆着各种稀奇古怪的货品。她从街上走过时，行人车辆都停了下来，那些买东西和卖东西的人也戛然停止了买卖。当她来到一座贞节牌楼前时，牌楼那奇怪的轮廓突然之间好像有了生命，呈现出各种姿态，活似一个印度的金刚在挥动臂膀。从牌楼下走过，她听到了一阵嘲笑声。就在这时，查理·汤森德走了过来，用双臂搂住她，把她从滑竿上抱了下来，声称他们之间产生了误会，说他绝无抛弃她之心，因为他爱她，没有她就活不下去。她感到他在吻她的嘴唇，不禁喜极而泣，口中问他为什么这样残忍，心里却觉得这一切都已经不重要了。正当二人亲热时，却听见有人吆喝了一声，声音沙哑，犹如霹雳，惊得他们急忙分开了。接着就见几个身穿蓝色破布衫的苦力抬着一口棺材从他们中间走了过去，步履匆匆，一声不吭。

她猛地惊醒了。

这所平房坐落在一座陡峭大山的半山腰上，从窗口能看见山脚下有一条狭窄的河流，对岸就是那座城市。天刚破晓，河上泛起一层白色的雾气，将河面上的小帆船笼罩起来。那些小帆船密密麻麻停泊在一起，一只紧挨着一只，就像豆荚里的豌豆一样，足有好几百只，在幽暗的光线下静悄悄的，给人一种神秘感。这让人觉得船工们也许都被施了魔法，他们似乎不是睡着了，而是被某种怪异可怕的魔力所控制，所以才出不了声。

黎明姗姗而至，曙光触着雾气，于是那雾气就闪闪发亮，泛着白光，看上去就像是一个即将陨落的星球上的残雪。河面上的雾气变得稀薄，隐约可以看见桅杆如林，那儿拥挤地停泊着无数小帆船。雾气的前面似乎有一堵发光的墙挡着，无法望穿。突然之间，那白白的雾气中浮现了一座雄伟的堡垒，高大而威严，似乎不是因为普照万物的太阳的照射才现出原貌，更像是经魔法师的魔棒点化，从天而降。那是残忍的野蛮人的堡垒，巍然耸立在河对岸。而魔法师的动作迅雷不及掩耳，又在堡垒的顶部造了一道彩墙。紧接着就见霞光万道，雾气中露出了许多屋顶，一片一片的，有绿颜色的，也有黄颜色的，若隐若现。那景色辽阔无边，叫你分不清它究竟是什么样的图案，即便它是有条理的，你也是观察不出来的——它无拘无束、洒脱放纵，富丽堂皇得令人无法想象。那堡垒（或寺庙）不像是人间的建筑，而像是天宫里的天王殿，不是凡人能进的地方。它是那样虚幻，那样奇异，那样超然于世，绝不可能出自人类之手，而是梦中之景。

凯蒂泪流满面，放眼瞭望，双手合十，激动得娇喘吁吁，樱桃口微张，一颗心顿时感到无比轻松（她从未有过这般心境），就好像自己的躯体变成空壳落在脚边，而她本人已化为仙界的精灵。多么美啊！她笃信不移，犹如信徒口含圣饼，坚信那就是耶稣的化身[①]。

---

① 见《圣经·马太福音》第二十六章第二十六节。原文是："耶稣拿起饼来，掰开，递给门徒说：'你们拿着吃吧，这是我的身体。'"

第三十四章

沃尔特一大早就出门，中午回来吃饭，待上半个小时就又走，再回来就是晚饭时分了。凯蒂经常一个人在家，好多天都足不出户。天气十分炎热，她大部分时间都躺在窗口边的长椅上，尽量静下心来读些书。正午阳光强烈，剥掉了那座“魔幻宫殿”的神秘外衣——这时看来它只不过是城墙上的一座寺庙，色彩花哨，已破败不堪。不过，由于她曾在如痴如醉的状态中一睹它的风采，也就永远不会觉得它平庸了。在黎明或黄昏，抑或在深夜时分，她经常能捕捉到那种美。她想象中的雄伟堡垒其实只不过是一堵城墙，高高的，黑乎乎的（她常常凝视这座城墙，目光流连不去），而在这道有着锯齿状垛口的城墙后面就是那座被瘟神牢牢控制在手中的城市。

她隐约知道那里正在发生着可怕的事情，但并不是从沃尔特口中得知，因为每当她问起（平时他很少开口跟她说话），他便幽默地搪塞几句，态度冷淡得让她感到脊背发凉。她从沃丁顿和女佣那儿听到了一些情况。那儿的居民在以每天一百人的速度死去，一旦染病，很少有人能痊愈。神像被人从废弃的寺庙里抬出来摆在街上，前面堆满供品以及牺牲，但这并不能止住瘟疫的蔓延。人们死得太快，几乎来不及埋葬。有些人家全家死得一个不剩，连个办葬礼的人都没有了。驻地部队的指挥官是位强势人物，这座城市尚未沦为骚乱和纵火之地，全归功于他的果断指挥。他见了没人掩埋的尸体，便命令手下的士兵去掩埋，还亲手枪毙了一个抗命不愿进入染病人家的军官。

凯蒂有时怕得要命，心里像灌了铅般沉重，四肢抖个不停。沃丁顿说什么“只要防范措施得当，不会有多大风险”——这话说得轻巧，她都快吓死啦！她愁肠百结，头脑发热，开始酝酿逃生计划。三十六计，走为上计！她打定主意要走，独自一人逃离这是非之地，哪怕除了身上穿的什么都不带，也一定要逃到某个安全的地方。她想依靠沃丁顿的怜悯之心，把一切都告诉他，请求他帮助她返回香港。如果她跪在丈夫面前，承认她已吓破了胆，那就算他再怎么恨她，也总会讲点人情可怜她的。但她是不可能这样做的！要走，又能到哪儿去呢？娘家是不能回的——她母亲已经让她看得明明白白：嫁出去的女儿，就是泼出去的水！再说，她不想去见母亲，而是想去见查理。问题在于查理不想见她。她知道自己如果突然出现在他面前，他会说些什么。这一想，她仿佛看见了他脸上阴沉的表情，看见了那迷人的眼里所露出的狡诈和残忍——那时的他只是苦于难以找到推脱的话。想到此处，她不由握紧双拳，恨不得不惜一切地羞辱他一顿，以报他曾羞辱过自己的一箭之仇。有时候她怒从心头起，恶向胆边生，恨不得来个鱼死网破，真希望沃尔特跟她离婚，哪怕毁了她自己，只要能把他也毁了就行。他对她说过的一些话，现在让她一想起来就羞得满脸通红。

第三十五章

再次跟沃丁顿在一起，她一见身边没旁人，便将话头引向了查理。沃丁顿曾在他们刚来的那天晚上提到过他，她装作他不过是她丈夫的一位熟人而已。

“我历来都不太喜欢他，”沃丁顿说，“一直觉得他很讨厌。”

“要让你喜欢可不是件容易的事呦。”凯蒂半开玩笑地说（这是她最擅长的一种说话方式），“我倒觉得他在香港算得上是一个炙手可热的人物。”

“这我知道。他是个翻手为云，覆手为雨的人物，很擅长公关——这也是他的一种天赋。跟他打交道，他会叫你觉得他是天下对你最有用的人。只要不损害自身利益，他也乐意为你效力。即便无法满足你的要求，他也会给你留下一种印象：他尽力了，只可惜回天乏力。”

“这本身就是一种讨人喜欢的魅力嘛。”

“光有这种魅力，没有其他的优良品质，最终一定会让人觉得讨厌。依我看，跟一个诚恳，但不那么讨人喜欢的人打交道，你心里会更踏实一些。我和查理·汤森德是故交，认识他已有多年，见过一两次他摘下面具的真面目……要知道，我在他眼里分文不值，不过是个海关的下级官员……我发现他心里根本不关心这个世界上的任何人，只关心他自己。”

凯蒂慵懒地躺在椅子上，一边笑盈盈地看着他，一边转动着手指上的结婚戒指，一圈又一圈。

“当然，他一定能青云直上，因为他熟谙官场上的各种内幕。我坚信在我的有生之年一定会对他以‘阁下’相称，他进屋时我要起立致敬。”

“大多数人都认为他应该荣登高位，人们普遍认为他是个非常有能力的人。”

“能力？真是滑天下之大稽！他是个非常愚笨的人！他会给你一种印象，就好像他才华出众，工作起来举重若轻。其实不然，他不过是十分勤奋罢了，就像个欧亚混血的小职员。”

“那他怎么名声在外，被人说是大贤人呢？”

“天地之间蠢者大有人在。一个身居高位的人如果不摆架子，拍拍人们的后背，声称愿意为他们两肋插刀，他们就会认为此人是个贤人。当然，他也多亏了他的贤内助——那可是个有才干的女性，头脑冷静，良策频出，每一条都值得采纳。有她做军师，查理·汤森德就可以高枕无忧，绝不会做出蠢事——在官场上混，要想高升，这是极为重要的。官场并不稀罕聪明人，因为聪明人点子多，而点子多的人老惹事。官场需要的是有魅力、识趣的人，这样的人可靠，不会捅娄子。所以说，查理·汤森德肯定会爬到权力的顶峰。”

“敢问你为什么不喜欢他呢？”

“我没有不喜欢他。”

“相比较而言，你更喜欢他的妻子吧？”凯蒂笑问。

“我是个老派的普通人，喜欢有教养的女人。”

“我倒希望她既有教养，又会穿着打扮。”

“难道她的穿着不妥当？这我从没注意过。”

“总听人说他们是一对恩爱夫妻。”凯蒂说，一边扑闪着眼睛望着他。

“他很爱她，可以这么称赞他——这恐怕也是他最值得称赞的一点了。”

“冷冰冰的称赞。”

“他有时也会拈花惹草，但都不太当真，只是逢场作戏。他很狡猾，不会让那种事持续时间太长，省得给自己找麻烦。当然，他不是一个重感情的人，只是比较虚荣罢了，喜欢异性的倾慕。如今他也是四十岁的人了，养尊处优，把自己养得富富态态，比他初来香港那会儿耐看多了。我常听他妻子拿他的风流韵事跟他开玩笑。”

“难道她不计较？”

“哦，是的。她知道这种事情维持不了多久。她说她倒愿意跟那些爱上查理的可怜的小女子交交朋友，只可惜那些女子都是平庸之辈。她说爱上她丈夫的女人都是些二流货色，实在让她脸上无光。”

第三十六章

真是说者无心，听者有意。沃丁顿走后，凯蒂把他的话细细琢磨了一番。他的话叫人听了心里挺不是滋味，她当时就深受触动，费了很大的劲儿掩饰自己痛苦的心情。想一想他的话句句属实，她不由感到一阵酸楚。她知道查理既愚蠢又虚荣，还喜欢别人的阿谀奉承。记得他跟自己讲起过一些他聪明过人的小事例，样子十分自得——他竟为自己低级的小伎俩得意得不行！这样的一个男人，如果仅仅因为他有一双漂亮的眼睛和健美的身材，她便把一颗心给了他，如此痴情地爱他，那可就太不值了！她希望自己能鄙视他，因为仅仅恨他是不够的——光有恨，就证明对他还有几分依恋。他对待她的态度让她擦亮了眼睛，认清了他的真面目。怪不得沃尔特总是那么瞧不起他。哼，她恨不得把他彻底忘掉，忘得干干净净！他妻子是不是拿她开过玩笑，笑她是个痴情女，迷恋上了他？多萝西一定觉得她是个二流货色，要不然会很愿意跟她交朋友的。想到这里，凯蒂苦笑一声，觉得母亲若是知道别人这般评价她的女儿，不气炸了肺才怪呢！

然而到了夜间，她又做起了春梦，梦见他把她紧紧搂在怀里，充满激情地热吻她的双唇。他固然发了福，都已经是四十岁的人了，但这又有什么关系？他只要深深地爱她就行，这让她觉得心里暖暖的，让她开心地笑。他固然有着孩子般的虚荣心，这反而叫她更爱他——她会加倍怜爱他、安慰他。从梦中醒来时，她眼中的泪水仍流个不停。

她不明白自己为什么那样悲情，竟在睡梦中痛哭流涕。

第三十七章

她天天都能见到沃丁顿，因为每天工作一结束，他便漫步上山来费恩夫妇住的这座平房闲聊。一个星期后，他们的关系非常密切了——若是在别的环境下，他们处一年恐怕也处不到这种程度。有一次凯蒂告诉他，若是没有他的话，她都不知如何是好了。他则笑着回答说：“你瞧，这里只有你跟我踏踏实实地在坚实的地上行走。修女们走在天上，而你丈夫则走在黑暗里。”

她虽然并不明白他究竟想说什么，却凑趣地哈哈一笑。他那双快活的蓝色小眼睛观察着她的面色，和蔼、关切，却有些不安。她已经发现他是个精细人，觉得她跟沃尔特之间的关系一定令他困惑，激起了他的好奇心。他一副如坠云雾的样子，让她觉得有趣。她喜欢他，知道他对自己是一片好意。他的谈吐并不诙谐幽默，也无大才大德，然而说话干脆利落、直截了当，且具有娱乐性——他头上谢顶，却有一张滑稽的小孩脸，再加上笑声朗朗，于是他即便不幽默也显得风趣。他多年居住在留守站，经常找不到跟他同一肤色的人说话，长期以来便养成了怪异、狂放的个性，常有怪诞的举动，常说出惊人的话语。他的坦率令人耳目一新。他仿佛用一种戏谑的心境看待生活，谈起香港的殖民官员便冷嘲热讽，语气尖酸刻薄，嘲笑起湄潭府的中国官员，同样不留情面，甚至还将致使眼前这座城市元气大伤的霍乱也当作笑柄。无论谈起悲惨的事件还是英雄的壮举，他总是夹枪带棒，让其听上去有点儿荒唐可笑。他留守中国二十年，知道许多奇闻逸事，听他给你讲述，你会觉得这个世界无奇不有，简直就像是一个怪诞的万花筒。

虽然他否认自己是中文专家，还说那些汉学家研究中文简直是疯了，一如发情期的野兔，但他说起中文却不费吹灰之力。他不读书不看报，所知所学均取材于与别人的谈话。然而，他却经常给凯蒂讲中国小说和中国历史上的故事，只不过在讲的时候仍用他惯常的语气，虚无缥缈，插科打诨，听上去很幽默、亲切。凯蒂觉得他也许在不知不觉中接受了中国人的观念，认为欧洲人粗鲁野蛮，生活方式荒唐愚蠢，认为只有中国人的人生观才是达观的，才能实事求是地看待问题。这一点的确值得人深思。凯蒂以前听人说起中国人来，老将他们形容得颓废、肮脏、糟糕得无以言说。而现在，就好像遮在眼前的帷幕倏然被掀开了一个角，让她瞥见了一个五彩缤纷、花团锦簇的世界。这真是叫她做梦也想不到！

此时此刻，他坐在那儿谈笑风生，一边开怀畅饮。

“你不觉得你喝酒喝得太多了吗？”凯蒂毫不避讳地问。

“这是我生活的一大乐趣。”他回答道，“再说，它能预防霍乱。”

通常从她这儿离开的时候，他就已经喝高了，但不是酩酊大醉，仍是一副滑稽的样子，并不惹人讨厌。

有天晚上，沃尔特回来得比平时早些，要他留下来吃饭。结果，发生了一件叫人费解的事情。他们喝了汤，吃了鱼，随后仆人便将一盘鸡肉和一盘新鲜的蔬菜沙拉端给了凯蒂。

“天哪，千万别吃这种东西！”沃丁顿见凯蒂要吃沙拉，不由失声叫道。

“怎么啦？我们每天晚上都有这道菜。”

“我妻子喜欢吃。”沃尔特说。

当盘子被递给沃丁顿时，却见他连连摇头，说道：“非常感谢，但目前我还不想自杀。”

沃尔特淡然一笑，自己取了一些吃了。沃丁顿没再说什么，事实上他一反常态，一声也不吭，吃完饭很快就告辞了。

其实，这两口子每天晚上都吃蔬菜沙拉。话说他们来到这儿两天后，就见厨师端上了这道菜，一副中国人的那种“事不关己，高高挂起”的样子。凯蒂不假思索地取了一些。沃尔特立刻探过身来说：“你不能吃这个。仆人真是昏了头了，竟然上这种菜。”

“为什么不能吃？”凯蒂问，一双眼睛紧紧盯着他的脸。

“吃生菜本来就很危险，现在吃简直就是发疯，会要了你的命的。”

“我觉得要命就要命呗。”

凯蒂说完便镇定地吃了起来，不知怎么心里突然生出了一副虚张声势的英雄胆。她用嘲笑的目光看着沃尔特，觉得他的脸有点儿发白，但沙拉递给他时，他也取了一些吃。厨师见他们没有拒绝，便每天都准备一些，于是他们每天都吃，以求速死。冒这种风险实在是荒诞不经——凯蒂本来生怕染上霍乱，现在却吃起了生菜沙拉，感到这样做不仅是在恶意报复沃尔特，也是在藐视她自己心中的绝望和恐惧。

第三十八章

这件事情过后的第二天，沃丁顿下午来到平房这边小坐了一会儿，然后问凯蒂是否愿意跟他一起散步。自从来到此地，凯蒂还没出过院子的大门呢，于是高兴地答应了。

“恐怕能散步的地方不多，”他说，“不过咱们可以去山顶转转。”

“哦，好的，那儿有座牌楼，我经常从阳台上看它。”

一个仆人为他们打开沉重的大门，他们走进了尘土飞扬的小巷。还没走几步，凯蒂就惊恐地抓住沃丁顿的胳膊，吓得叫出了声。

“快看！”

“怎么了？”

在院落围墙底下仰面朝天躺着个人，两腿挺直，胳膊伸过头顶，穿一身蓝色的破布衫，上面打了许多补丁，头发乱得似鸡窝，像是一个乞丐。

“他看上去好像死了。”凯蒂喘着气说。

“他已经死了。往这边走，你最好别再往那儿看。咱们散步回来，我就叫人把他抬走。”

可是凯蒂抖如筛糠，浑身哆嗦得厉害，一步也挪不动，说道：“我还从没见过死人呢。”

“那你最好赶快熟悉熟悉，让自己适应这里的情况。不等你离开这个快活的福地，就会见怪不怪了。”

他拉过她的手，让她挽起他的胳膊，随后二人便往前走了。他们谁都没有说话，过了一会儿凯蒂才最终开了口，问道：“他是死于霍乱吗？”

“大概是吧。”

他们走上山顶，最后来到了牌楼跟前。牌楼雕刻精美，富丽堂皇，如界碑般耸立在乡野间，与周围环境格格不入，颇具讽刺意味。二人坐在牌楼的基座上，面朝山下广袤的平原。山坡上成了乱坟岗，绿色的小坟包处处可见，密密匝匝，散乱无序，让你产生一种奇怪的感觉，觉得地底下的死人一定是你推我搡。但见稻田一片翠绿，田间小道狭窄、蜿蜒。一个小牧童骑在水牛的背上，慢悠悠地赶着牛回家。三个戴着宽边草帽的农民肩膀上扛着沉重的东西，懒洋洋地迈着步子，深一脚浅一脚地往前走。一天的燥热过后，吹一吹傍晚习习的微风会让人感到舒畅，望一望那广袤的乡间景致会让一颗饱受煎熬的心灵获得休息，产生一种静谧感。然而，凯蒂却怎么也忘不掉那个死去的乞丐。

“眼看着你周围的人一个个死去，你怎么能又说又笑，还喝威士忌呢？”她忽然问道。

沃丁顿没有回答，转过身来看着她，然后把手放在她的胳膊上，满脸严肃地说：“你知道，这里不是女人待的地方。你为什么不离开呢？”

她偏过头来扫了他一眼，扑闪了一下长长的睫毛，嘴角挂着一丝笑意说：“我觉得在这种情况下，一个妻子应该待在她丈夫身边。”

“他们给我发电报说你跟费恩一起来，当时我很惊讶，但转念一想便觉得也许你是个护士，干的就是这一行。我估计你是那种面孔死板的女性，倘若有人生病住院的话，不会给他好脸色看。后来我走进你们的住宅，见你坐在那儿休息，看上去弱不禁风、面色苍白、疲惫不堪，便不由大感意外。”

“你总不能指望我在路上走了九天之后，还精神抖擞吧。”

“你现在看上去也还是弱不禁风、面色苍白、疲惫不堪呀。恕我直言，不仅如此，你还极度不快乐。”

凯蒂不由得脸一红，干笑了几声，尽力让那笑声听上去十分开心。

“很遗憾你不喜欢我的神情。我不快乐的原因只有一个：自十二岁起我就知道我的鼻子有点儿过长。不过，心中的忧伤流露于言表最能招致怜香惜玉之情——你都不知道有多少个讨人喜欢的年轻人想来安慰我呢。”

沃丁顿用那双闪亮的蓝眼睛看着她。她知道自己说的话他连一句也不相信，可只要他装出相信的样子，她也就无所谓了。

“我知道你们结婚时间不太长，于是便觉得你们仍热恋如初，是一对恩爱夫妻。我实在不敢相信他愿意让你来这儿，但也许是你执意要来，不愿意一个人留在家里吧。”

“这样的解释合情合理。”她淡淡地说。

“不错，但并不是正确的解释。”

她等着他继续说下去，又担心他会说出惊人的话，因为她知道他眼细，心里明白，而且直言不讳，有什么说什么。可是，她又有一种无法控制的欲望，想听听他怎么说自己。

“现在，我根本不相信你爱你的丈夫，而是觉得你讨厌他。就算你恨他，我也不会感到意外。然而有一点我敢肯定：你害怕他。”

一时间，她将目光转向了别处，不想让沃丁顿看出他的话对她产生了影响。过了一会儿，她以一种淡定、嘲讽的语气说道：“我怀疑你不太喜欢我的丈夫。”

“我敬重他——他有头脑，有个性。我可以告诉你：这两种优点兼而有之的人就是一个很不寻常的人。我想你并不清楚他在这儿都做些什么，因为我不认为他把什么事情都跟你讲。如果说有哪个人能够单枪匹马阻止这场可怕瘟疫的蔓延，那就是他了。他诊治病患，清理整座城市的卫生，想方设法净化饮用水，任何危险的地方都敢去，任何危险的事情都敢做，每天要冒二十次生命危险。他深深影响了朱上校，说服朱上校把军队交由他调遣去救死扶伤，甚至让地方长官也有了底气，结果那个老倌开始脚踏实地采取行动了。修道院的修女们对他非常信赖，觉得他是个英雄。”

“那你觉得呢？”

“说到底，这不是他的本职工作，对吧？他是个细菌学家，本没有必要到这里来。就他给我的印象，他并不是出于对那些垂死中国人的同情。沃森就不一样了，他热爱人类。沃森尽管是基督教传教士，然而对待基督徒、佛教徒和儒教徒都一视同仁，因为他们都是人类。你丈夫来这儿不是因为他在乎这里有十万中国民众死于霍乱，也不是出于对科学的兴趣。他究竟为什么来这儿呢？”

“你最好去问他。”

“看你们两人在一起的情景，让我觉得很有意思。我有时很好奇，不知道跟前没人时，你们该是怎样一种情状。我在场的时候你们就演戏，夫妻双双登台献艺，只是演技太差，我的天呀，真是太差了。要是叫你俩出去靠演出挣钱，就是累死，一个星期也挣不上三十个先令。”

“我不明白你是什么意思。”凯蒂笑了笑，仍然装出一副满不在乎的样子（她知道这瞒不过对方的眼睛）。

“你有一副花容月貌，但怪就怪在你丈夫从来对你看也不看，跟你说话也形同路人，语气就不像是一个做丈夫的语气。”

“你认为他不爱我吗？”凯蒂问，声音低沉、嘶哑，突然收起了刚才的那种轻松自在的腔调。

“这我不知道，不知道是不是你叫他感到厌恶，连靠近你都让他起鸡皮疙瘩，抑或他心中燃烧着爱情的火焰，只是出于某种原因没有让内心的感情流露出来。我在问自己：你们是不是来寻死的？”

凯蒂又看见了那惊愕的眼神和明察秋毫的目光（当吃生菜沙拉那一幕发生时，沃丁顿就曾这般打量过她），于是便不以为然地说：“我觉得你把几片生菜叶看得未免也太重了。”随后她站了起来，说道，“该回去了吧？我敢说你一定想来一杯威士忌加苏打水了。”

“不管怎么说你都不是什么女英雄，八成吓得要死。你敢肯定不想离开这儿吗？”

“这跟你有什么关系吗？”

“我可以帮你。”

“你是不是动了怜香惜玉之情啦？你不看看我的样子，不觉得我的鼻子太长了些吗？”

他若有所思地盯着她看，那双明亮的眼睛里带着刻毒和嘲讽的神情，但又夹杂着一丝特别的关怀，恍恍惚惚，就像河边的一棵树留在水中的倒影。这叫凯蒂不禁泪湿眼眶。

“你必须留在这儿吗？”

“是的。”

他们穿过富丽堂皇的牌楼朝山下走去，回到住处时见那个死去乞丐的尸体仍在那里。他拉起她的胳膊，但她挣开了，定定站在那儿。

“很可怕，是不是？”

“什么？死人吗？”

“是的。人死如灯灭，它让一切显得那么微不足道。他现在死了，没有了人样——看一看他，你恐怕很难相信他曾经在世上走了一遭，很难相信他几年前还是个小男孩，一个向山坡下跑的小男孩，手里放着风筝。”

她一阵哽咽，忍不住抽泣起来。

第三十九章

几天后，沃丁顿来见凯蒂，跟她促膝长谈，手里端着一大杯威士忌加苏打水，讲起了女修道院的事情。

“修道院的院长是一个非常了不起的女人。”他说，“修女们告诉我，她来自法国的一个名门望族，却不告诉我到底是哪个望族——院长吩咐过，不想让人议论此事。”

“你要是感兴趣，为什么不问问她本人？”凯蒂笑着说。

“如果你了解她，就知道绝对不该轻率地问她这种问题。”

“她这人一定很了不起，竟然能让你如此敬畏。”

“我从她那儿给你带了个话。她说虽然你可能不愿冒险到疫区的中心去，但万一你有意要去的话，她非常乐意带你参观一下修道院。”

“她实在太客气了，真没想到她还知道有我这个人。”

“我说起过你。每星期我都要到那儿去两三次，看看有什么可以帮忙的。我敢说你丈夫也跟她们提起过你，你会发现她们对他极其敬佩，对此你必须有个心理准备。”

“你是天主教徒吗？”

他一听，把一双刻毒的眼睛眨了眨，哈哈大笑起来，笑得那张滑稽的小脸皱成了一团。

“你冲着我笑什么？”凯蒂问。

“入天主教能有什么好处？不，我不是天主教徒，我倒常常自称信奉英国国教——这样说是怕得罪了哪一方，其实我什么教都不太信……院长是十年前来这儿的，来的时候随身带了七名修女，现在只剩下三个了，其余人都死了。你看，就算在最好的时候，湄潭府也绝不是什么疗养地。她们住在城市的正中心，也是最贫穷的地区，工作非常辛苦，从来都没有假期。"

"难道现在那儿只剩下三位修女和院长了？"

"哦，不，又来了几个。现在她们一共有六个人——当一个修女在霍乱刚流行起来就病死的时候，立刻有两个人从广州调了过来。"

凯蒂的身子哆嗦了一下。

"你冷吗？"

"不冷，只是打了个哆嗦而已。"

"她们一离开法国，就永不复返了，不像那些新教传教士，时常可以回国休一年的假。我一直认为这样的生活简直太苦了。咱们英国人四海为家，不太依恋故土。而法国人不一样，他们很依恋自己的祖国——这几乎是一种割也割不断的情思。一出国门，他们的内心就永无安宁之日。一想到这些法国修女能做出如此之大的牺牲，我就感动得不得了。也许，如果我是一个天主教徒，就会觉得这样的牺牲是很正常的了吧。"

凯蒂平静地看了看他，无法理解这个小个子怎么说起这话就情绪激动了起来，怀疑他是装的。也许他喝酒喝多了，有点儿醉了吧。

"耳听为虚，你可以自己去看看嘛。"他一下就看穿了她的心思，便调侃地笑了笑说，"跟第一个吃西红柿的人[①]相比，你冒的风险算不上什么。"

"既然你不害怕，我又有什么可怕的。"

"我想你会觉得很有意思的，因为那里就像一个小小的法国。"

---

① 十六世纪时，欧洲人普遍认为西红柿有毒，吃了就死。后来，美国人罗伯特上校把西红柿带回他的家乡新泽西州萨伦镇，当众吃了几个，结果安然无恙。

第四十章

他们乘坐一条舢板过了河。对岸栈桥那里已经有滑竿在等凯蒂，她被抬着上山到了水闸门跟前。人们到河边取水要从这道门经过，但见人来人往，一个个用扁担挑着大水桶，一边走一边洒，洒得满地都是水，就好像刚刚下了一场大雨。凯蒂的轿夫提高嗓门，左一声右一声地催他们让路。

"由于疫情，百业凋零。"沃丁顿在滑竿旁边走边说，"往常这儿的人群川流不息，到处都有往船上送货的脚夫，你得跟他们抢道才过得去。"

这儿的街道很窄，弯弯曲曲，凯蒂都分不清东南西北了，不知道自己走的是哪个方向。许多店铺都大门紧闭。来这座城市的途中，她见多了脏乱差的中国街道，已经习惯了，但这儿的街道垃圾遍地、污水横流，很长时间都没人打扫了，臭气熏天，臭得她急忙用手帕掩鼻。以前经过中国的城市，总会有人盯着她看，看得她心里发毛。她注意到，这儿的人即便看她，也只是淡漠地匆匆瞥上一眼。街上没有了往日熙熙攘攘的景象，路人稀少，而且似乎各怀心事，一个个畏畏缩缩、无精打采。间或经过一户人家，你会听到屋里有锣声以及某种乐器发出的凄厉而悠长的吹奏声[①]——那紧闭的房门后面一

① 此处指的可能是唢呐。

定躺着个死人。

“咱们到了。”沃丁顿终于说了这么一声。

滑竿在一扇小门前放下，门道上方有一个十字架，两侧是长长的白墙。凯蒂下了滑竿，沃丁顿按了按门铃说：“你别指望能看到里面有多么华贵壮丽——要知道，她们简直一贫如洗。”

一个中国姑娘开了门，沃丁顿说了句什么，她便带着他们进了走廊一侧的一间小屋。屋里有一张大桌子，上面铺着方格子油布，靠墙摆着几把硬椅子。房间的一端有一尊圣母玛利亚的石膏像。不一会儿，一个修女走了进来，又矮又胖，不算漂亮，两个脸蛋红红的，双目含笑。沃丁顿把凯蒂介绍给她时，称她圣约瑟修女。

“这位是医生的妻子吧？”[①] 她笑盈盈地问，随即补充说院长马上就过来。

圣约瑟修女不会说英语，凯蒂的法语说得结结巴巴，而沃丁顿说起法语则轻松自如、口若悬河，虽然并不十分准确，却诙谐幽默、妙趣横生，简直笑翻了这位好性情的修女。修女开心极了，爽朗的笑声让凯蒂大为惊讶——她本以为修道院的人总是一脸严肃，而这位修女天真可爱的样子深深触动了她。

① 原文是法语：C'est la dame du docteur ?

第四十一章

门开了（凯蒂觉得它不像是被人推开的，倒像是自己打开了），接着就见院长嬷嬷走进了小屋。她在门槛那儿站了站，看了看哈哈大笑的圣约瑟修女，又看了看沃丁顿那张皱巴巴、马戏团小丑一样的脸，随即走上前，朝凯蒂伸出了手。

“费恩夫人吧？”她用英语说道，同时微微躬了一下身子（她的英语带有浓重的法语口音，但发音很准确），“能认识我们那位善良、勇敢的医生的妻子，真是三生有幸。”

凯蒂觉察到女院长的眼睛在久久地观察她、细细地打量她，但一点也不叫人尴尬——那目光十分坦诚，并不显得失礼。那情景让你觉得她的天职就是观察和评价人，没必要采取措施加以掩饰。接下来，她示意客人们入座，神情端庄而亲切，随后她自己也坐了下来。圣约瑟修女仍然笑盈盈的，但已不再作声，站在女院长身旁稍稍靠后的地方。

“我知道你们英国人喜欢喝茶，”女院长说，“于是我就叫人买了些。不过很抱歉，得按中国人的方式喝茶[①]。我知道沃丁顿先生喜欢威士忌，但恐怕我无法提供。”

---

① 中国人喝茶，就是单纯地品茶，英国人则需要加入柠檬、牛奶、糖等作料，外加各式糕点。女修道院条件差，无法提供牛奶等物。

她笑了笑，那庄重的眼睛里带了一丝不满的神色。

“哎呀，我的院长嬷嬷，听你这么一说，就好像我是个老酒鬼似的。”

“我倒希望你能说自己从不喝酒，沃丁顿先生。”

“我当然可以说自己不喝酒，但一喝就喝个痛快。”

女院长笑了，把他的狡辩翻译成法语说给圣约瑟修女听。随后，她看着他，目光里充满了善意，启口说道：“我们必须体谅沃丁顿先生的这种嗜好。有两三次我们囊空如洗，分文全无，都不知如何养活那些孤儿了，多亏沃丁顿先生古道热肠，帮我们解决了燃眉之急。”

给他们开门的那个信女端着一个托盘走了进来，上面放着中国茶杯、茶壶，还有一小碟法国点心，称作玛德琳蛋糕①。

“你们一定得吃点儿玛德琳蛋糕，”院长嬷嬷说，“这是圣约瑟修女今天早上特意亲手为你们做的。”

聊起日常生活的话题时，院长嬷嬷询问凯蒂在中国待了多久，从香港来这儿一路上是否累坏了，又问她去没去过法国，是否觉得香港的气候难以忍受。这种交谈的确很琐碎，但也很友好。同时，由于环境特殊，这场谈话也就有了一种特殊的味道。房间里静悄悄的，四周一片静谧，让你难以相信自己正身处一座人口稠密的城市中心。而瘟疫正在到处肆虐，老百姓惶恐不安，全靠一位意志坚定的将军控制着局面，此人比土匪头子强不了多少。在修道院的院墙之内，医务室里挤满了染病和垂死的士兵，而修女们照看的孤儿，有四分之一已经死去。

院长和蔼可亲，对凯蒂问这问那。不知为什么，凯蒂深受触动，细心观察着这位端庄的女士。但见她一身素白，衣服上唯一的颜色是缝在胸前的红心。她是个中年女人，大概有四十或五十岁，只不过这一点很难看得出来，因为在她那张光滑、苍白的脸上几乎没有皱纹。你之所以觉得她远非年轻，主要是因为她有着中年淑女的那

① 玛德琳蛋糕是一种法国风味小甜点，又叫贝壳蛋糕。

种高贵的举止和自信，还因为她的手虽然有力、漂亮，但已经略显憔悴。她是瓜子脸，嘴大，牙齿整整齐齐，鼻子不算小，但精致、灵巧。若论起她两道黑黑的柳眉下的眼睛，那才是她脸上最有特色的部位呢，炯炯有神，带着几分悲楚，非常大，黑如点漆，算不上冷淡，但冷静、沉稳，具有一种奇异的不可抗拒的力量。

见到这位院长大人，你一开始会觉得她天生丽质，但随后便会意识到她的美来自她的性格，年龄越大就越美。她声音深沉、轻柔、有节制，无论说英语还是法语都不紧不慢。而她身上最显著的一点是她说一不二的气质——那是一种在基督教慈善机构锻炼出的气质。你会觉得她是一个惯于发号施令的人，服从她的指挥是再自然不过的事情，而她对于别人的顺从则表现出谦卑的态度。不难看出她深知自己有势力强大的教会作为后盾。凯蒂心里揣测，尽管她一脸严肃，却有一颗宽容之心，能够包容别人的弱点。别看她面带严肃的微笑听沃丁顿信口开河地胡说，你却想不到她对那些荒唐话其实还挺欣赏呢。

凯蒂隐约感到她身上另外还有一种气质，只是说不出来那是什么——这位院长态度坦诚、举止高雅，让凯蒂觉得自己就像一个手足无措的小学生，使得她对院长敬而远之。

第四十二章

“先生没怎么吃蛋糕。”[①] 圣约瑟修女说。

“先生的口味让满族饭菜给毁了。”院长回答。圣约瑟修女的脸上没了笑容，神情中有几分不快。沃丁顿见状，眼里不禁出现了一种调皮的神色，又拿起了一块蛋糕。凯蒂不明白这是怎么回事。

“为了证明你的话有多么不公平，我的院长嬷嬷，我要毁了等着我的那顿丰盛的满族饭菜。”

“如果费恩夫人想看看修道院，我很乐意带你转一转。”院长转向凯蒂说，脸上带着歉意的笑容，“遗憾的是，这会儿参观修道院，看到的只是一片混乱。我们的工作堆积如山，干活的人手却又不够。朱上校一再坚持把我们的医务室用来处置染病的士兵，因此我们只好把餐厅用作孤儿的医务室了。”

她站在门口，让凯蒂先通过，然后两人一起走进阴冷的白色走廊，后面跟着圣约瑟修女和沃丁顿。他们先走进一个空荡荡的大房间，见好几个中国女孩正在埋头刺绣。这几个参观者一进门，女孩们就都站了起来。接下来，院长嬷嬷拿了她们绣的样品给凯蒂看，说道：“尽管发生了瘟疫，我们还是让她们该干什么就继续干什么，免得她们产生心理恐惧。”

---

① 原文是法语：MONSIEUR ne mange rien。

他们进了第二个房间，那儿有一些年龄比较小的女孩在做简单的缝纫工作，只是些镶边和拼接的活儿。随后他们又去了第三个房间，里面都是些小不点，由一个中国教徒照管。孩子们在玩耍，闹哄哄的，见院长进来便围上前来，年龄都在两岁至三岁之间，都长着中国人的黑眼睛和黑头发。孩子们有的抓住她的手，有的藏进她的大裙子里头。而她严肃的脸上浮现出迷人的微笑，一边抚摸孩子，一边说着温存话。凯蒂虽然听不懂中国话，但她知道那是在表达爱。那些小不点穿着一样的衣服，一个个面黄肌瘦，发育不良，塌塌鼻，她觉得简直没有个人样，不由心生厌恶，身子一哆嗦。而院长嬷嬷站在他们中间，如爱神下凡人间。当她打算离开时，孩子们百般不舍，缠住她不让她走。她只得笑盈盈说好听的话，费了一些气力才脱了身。显然，孩子们并不觉得这位伟大的女性身上有什么令人惧怕的东西。

“你当然也知道，”走到另一条廊道时，院长对凯蒂说，“我们收养这些孤儿，只是因为他们的父母不想要他们了。每送来一个孩子，我们就要付给他的父母一些现钱，否则他们嫌麻烦，干脆就把他弄死。”说到这里，她转过身问圣约瑟修女，“今天有送来的吗？”

“有四个女孩。”

“现在出现了霍乱，他们就更不愿意养活女孩了，觉得她们是累赘。”

院长说完，带凯蒂去参观宿舍。在经过一扇写着“医务室”字样的房门时，凯蒂听见里面有痛苦的呻吟声和嘶喊声，仿佛有人在遭受非人的折磨。

“我就不带你看医务室了，”院长嬷嬷用平静的声调说，“没人愿意看里面的景象。”她突然想起了什么，便问，“不知道费恩医生在不在这儿？”

她用询问的目光看了看圣约瑟修女，后者会意地一笑，推门闪身走了进去。门一开，凯蒂将那呻吟声和嘶喊声听得更清楚了，也更害怕了，不由朝后直缩身子。须臾，圣约瑟修女回来说：“不在。

他来过这儿，后来又走了，一时半会儿不会再来。”

“六号病人怎么样了？”

“那个可怜的孩子[①]死了。”

院长嬷嬷画了个十字，嘴唇微微翕动，做着简短的默祷。

经过庭院时，凯蒂注意到那儿的地上并排摆着两个长形的东西，上面盖着一块蓝色的棉布。院长冲着沃丁顿说：“我们的床位太少了，只能让两个病人挤在一张床上。病人一旦死了，就得马上抬到院子里来，给别的病人腾地方。”随后，她对凯蒂笑了笑说，“现在带你去看礼拜堂——那儿是我们引以为豪的圣地。不久前一位法国朋友从国内送来一尊真人大小的圣母玛利亚雕像，就放在那里。”

---

① 原文是法语：Pauvre gargon。

第四十三章

所谓礼拜堂只不过是一个狭长、低矮的房间，墙上刷了白石灰，里面摆着几排木头凳子。礼拜堂的一端是祭坛，上面摆着一尊塑像，用熟石膏塑成，涂着粗糙的油彩，鲜亮、耀眼、俗气。塑像背后是一幅耶稣受难的油画，十字架下面画着两个悲痛欲绝的圣母玛利亚，表情十分夸张。这幅画很低劣，色彩暗淡，一看就知道出自一个不懂色彩之美的画工之手。四面墙壁上画着苦路十四处[①]，也是同一画工的涂鸦之作。这座礼拜堂实在是丑陋不堪、俗不可耐。

两位修女一进门便跪下祈祷。站起来后，院长又跟凯蒂聊了起来，说道："把东西从国内运到这里，能碎的全都碎了。而我们的捐助人赠送的这尊塑像从巴黎运来，连一丝裂纹都没有。毫无疑问，这简直是个奇迹。"

沃丁顿那双怀着恶意的眼睛眨巴了几下，但他管住了自己的嘴巴。

"那幅祭坛画和苦路十四处是我们的索尔·圣·安塞尔梅修女画的。"院长画了个十字说，"她是一位真正的艺术家，已不幸死于瘟疫了。你不觉得这些画很漂亮吗？"

凯蒂给予了肯定的回答，但语气支吾。祭坛上放着几束纸花，

---

① 苦路十四处是基督教为缅怀耶稣受难而设置的崇拜路线。

那儿的烛台过于华丽，看了叫人分心。

“我们拥有特权，可以在这儿举行圣餐礼。”

“是吗？”凯蒂说，心里不明白她究竟想说什么。

“面对如此可怕的灾难，这对我们是个很大的安慰。”

离开礼拜堂后，他们沿原路回到了那间会客室。

“你想在离开前看看今天早上送过来的孩子吗？”

“很想。”凯蒂说。

院长嬷嬷把他们领进走廊另一侧的一个小房间。房间里有一张桌子，桌上有一块布，布的下面有什么东西在蠕动，令人感到诧异。圣约瑟修女掀开那块布，露出四个小小的、裸着身子的婴儿，一个个全身通红，胳膊和腿不停舞动，十分滑稽，那离奇的中国人的小脸皱皱巴巴、怪模怪样，看上去不太像人类，而像某种未知的奇怪生物。然而，看一看这些婴儿，你禁不住会动恻隐之心。院长嬷嬷看着她们，露出了愉快的笑容。

“她们看上去挺活泼。有的孩子一送来就死了。当然，只要送来，我们就马上为他们施洗。”

“夫人，你丈夫见到这几个孩子一定会很高兴。”圣约瑟修女对凯蒂说，“我觉得他逗这些婴儿，一玩就能玩上好几个小时。他这人一见孩子哭就会抱起来，让孩子舒舒服服躺在他的怀里，这样孩子就会高兴得笑起来。”

参观完这个房间，凯蒂和沃丁顿就到了修道院的大门口。凯蒂庄重地感谢院长嬷嬷费心了。后者谦卑地鞠了一躬，气度雍容、态度和蔼，说道：“倍感荣幸。你都不知道你丈夫对我们有多关照，对我们的帮助有多大，简直就是上天降下的及时雨。很高兴你能随他同来。这样，他回到家，有你在那儿，有你的爱和你可爱的面容在那儿，就一定会感到心情舒畅，甘之如饴。你可一定要好好照料他，别让他工作太辛苦。看在我们的面子上，你可得悉心关爱他哟。”

凯蒂羞红了脸，真不知说什么才好。院长嬷嬷伸出手来，凯蒂跟她握手时，感觉到她的目光在紧紧盯着自己——那目光冷静、深沉，虽然有些淡漠，但里面似乎包含着深深的理解。

圣约瑟修女在他们身后关上了门。凯蒂坐上滑竿，和沃丁顿踏上了返程，穿过一条条狭窄、弯曲的街巷。途中，沃丁顿东一搭西一搭地说着话，而凯蒂默不作声。他侧过脸看她，却因为滑竿的帘子遮挡着，看不见她的面容。后来，他也索性不作声了。到了河边，她下了滑竿，他这才发现她已泪眼婆娑，不由感到十分诧异，脸上露出了惶惑的神情，问道："这是怎么啦？"

"没什么。"她勉强挤出了一个笑说，"只是有点儿伤感而已。"

第四十四章

回到那座已故传教士的住宅，再次一个人待在那简陋的客厅里，半躺半倚在临窗的长椅上，她出神地望着河对岸的寺庙（夜晚将至，又使它显得虚幻、迷人），试图将纷乱的思绪清理出头绪来。她万万没想到这次参观女修道院会给她的心灵造成如此之大的触动。她去参观是出于好奇，也是因为闲得无聊。再说，她整天隔水眺望那座被城墙围起来的城市，何尝不想去看看，起码去看看城里那神秘的街巷。

然而，一走进修道院，她就觉得自己仿佛进了另一个世界，无论是时间还是空间都跟这个世界截然不同。那些光秃秃的房间和白色的走廊既朴素又简单，似乎具有某种遥远而神秘的气息。小礼拜堂是那样丑陋、俗气，粗鄙得有些可怜，但它拥有一种东西，一种那些镶嵌着彩色玻璃和悬挂着巨幅画作的宏伟壮观的大教堂所缺少的东西——真诚的精神、坚定的信仰和无疆的大爱，正是这些使得礼拜堂散发出奇妙的精神之美。面对到处肆虐的瘟疫，修道院仍井然有序地埋头工作，显示出临危不乱的冷静和脚踏实地的务实精神，简直就像是对瘟疫发出的嘲笑，令人感触极深。圣约瑟修女打开医务室房门的那一刻，凯蒂听见屋里传来了骇人的叫声，此刻那叫声仍回响在她的耳畔。

想不到她们会那样高看沃尔特——先是圣约瑟修女对他极力称赞，后来院长嬷嬷也说了一箩子赞誉之词，提起他语气便特别温柔。

奇怪的是，听见她们对他有如此高的评价，她竟然有点儿激动，感到了几分自豪。沃丁顿也在她面前称赞过沃尔特，说他能力很强。只不过修女们称赞的不仅是他的能力（在香港她就知道人们都说他聪明），还说他对人体贴、亲切。此言不虚，她生病的时候，他的确很体贴，对她照顾得无微不至。他很有眼色，不会叫你感到厌烦；他的触摸会叫你觉得愉快、舒服，让你感到宽心。他只要一出现，就好像施了魔法一样，会叫你病痛全消。以前，他对她含情脉脉，眼里饱含着爱，她对此习以为常，甚至感到厌倦，而今她知道自己再也见不到那样的眼神了。现在她知道他的爱是多么深、多么广了——他以某种奇特的方式将爱倾注到那些可怜的病患身上，成为他们唯一的指望。她不觉得嫉妒，却有一种空虚感，就好像她一直依赖着、习以为常、视若无物的支柱突然间被抽走了，这使得她摇摇晃晃，觉得头重脚轻。

以前她鄙视沃尔特，而现在她只能鄙视自己。他必定知道她瞧不起他，但他坦然接受，毫无怨言。她十分愚蠢，这他很清楚，但他爱她，所以并不计较。现在她不再讨厌他，也没有了怨恨，心里只剩下焦虑和迷茫。不可否认，他具备出类拔萃的品质，有时她甚至认为他具有伟大的品质，只是他的这种品质比较古怪，不被人注意罢了。奇怪的是，这样的人她不爱，却爱上了一个卑鄙小人（此人的真面目她已看得很清），而且仍对他旧情难断。多日来她心里如开了锅一般遐想不已，把查尔斯·汤森德掂量来掂量去，最终断定他只不过是个平平常常的人，论品质仅仅是二流货色。要是能将她心里的那种藕断丝连的爱连根拔掉，该有多好啊！她试图收住遐想的缰绳，不再去想他。

沃丁顿也很高看沃尔特，只有她一个人对他的优点视而不见。为什么？就因为他爱她，而她并不爱他！人心到底是怎么回事，竟让你鄙视一个男人，只因为他爱你？不过话又说回来，沃丁顿也承认他不喜欢沃尔特——男人都不喜欢他。很容易便可以看出：那两位修女对他怀有一种近乎爱慕的感情。女人对他是另眼相看的——尽管他内向，但女人却感觉得到他有一颗善良、仁爱之心。

第四十五章

不过说到底，令她感触最深的还是那两位修女。那位圣约瑟修女长着一张快活的面孔，脸蛋红得像苹果。十年前她跟随院长嬷嬷等一小拨人来到中国，眼见同伴们相继死去，或死于疾病，或死于穷困，或死于乡愁，她却始终保持着乐观的情绪和愉快的心情。究竟为什么，她的性情竟那样天真活泼、乐观向上？那位院长嬷嬷也非同一般。当脑海中再次浮现出她的形象，凯蒂又一次心潮澎湃，觉得自己卑微，感到无地自容。那位院长嬷嬷率真自然，又有一种与生俱来的高贵气质，令人心生敬畏——你无法想象会有人敢不敬重她。在她面前，圣约瑟修女的站姿、每一个细小的动作以及问话时的语调，无不显示出恭敬和顺从。沃丁顿平时不拘小节，说话随随便便，但在她面前却很收敛，说话的语气有几分拘谨。

凯蒂觉得没必要让别人告诉自己院长嬷嬷出身于法国的名门望族，自己也可以根据她的言谈举止看出她有着古老的高贵血统。她一举一动都有着不容违抗的权威性，既显示出贵族夫人的纡尊降贵，又有圣人的谦谦君子之风。她那坚定、端庄、沧桑的脸上充满了激情，神情庄严，又是那样亲切、温柔，于是小孩一点也不怕她，坚信她爱他们，见了她便围拢过来，叽叽喳喳、闹闹哄哄。当她看着那四个新出生的婴儿时，脸上绽出甜蜜的微笑，笑得那样灿烂——那笑容就像出现在凄凉的荒野上空的一缕明媚的阳光。圣约瑟修女谈到沃尔特时，不经意地说他爱孩子，不知怎么竟触动了凯蒂的心弦。凯蒂知道他特别想让自己给他生个孩子。尽管他内向，不爱说话，但她毫不怀疑他对孩子是有爱心的，会逗他们玩耍，无微不至地照看他们，表现得温情脉脉。怪呀，大多数男人照看婴儿都笨手笨脚，手足无措，而他却不然！

不过，这段经历虽然感人，却也笼罩着一道阴影（犹如万里晴空中出现的一朵乌云），挥之不去，令她难以释怀。别看圣约瑟修女乐呵呵的，可亲可爱，院长嬷嬷更是温雅和蔼、彬彬有礼，她却能在对方的话语中感到几分淡漠，使人觉得压抑。她们固然很友好，甚至可以说是很亲切，但与此同时又话到嘴边留三分。她不知道那是为什么，于是就觉得自己在她们眼里只不过是个偶然来访的陌生人。双方之间似乎横着一道屏障，各说各的，而且口不应心，嘴上说的和心里想的有所不同。当修道院的那扇门在她身后关上时，她有一种感觉，她们立刻就会继续去忙刚刚丢下的工作，把她彻底忘掉——对她们来说，她也许就不存在。她茫然若失，觉得自己不仅被一座穷困的小修道院关在了门外，而且被一个神秘的精神乐园拒之门外，而那里正是她的灵魂梦寐以求的圣地。突然间，她产生了一种孤独感，一种前所未有的孤独感。这就是她在离开修道院后潸然泪下的原因！

而此刻，她疲惫地把头朝后一靠，靠在椅背上，长叹一声：“唉，我真是个窝囊废啊。”

第四十六章

那天傍晚，沃尔特回来的时间比平时早了一点。凯蒂正躺在长椅上，窗户敞开着。天已擦黑。

“你不想点盏灯吗？”他问。

“晚餐准备好的时候，他们会点灯的。”

他跟她说话总是那种漫不经心的腔调，说的都是些琐碎的事，就像是一个友好的熟人，态度上看不出他心里怀有什么恶意。他从来不看她的眼睛，也从来不笑，处处拘泥于礼节。

“沃尔特，如果咱们熬得过这场瘟疫，你看以后该何去何从？”她问。

他沉吟了一会儿才回了话，而她看不到他脸上的神情。

“我还没有想过。”

在过去的岁月里，她心里想什么就说什么，从没考虑过说话之前应该想一想。但现在她有点儿怕他，觉得自己嘴唇颤抖，心脏剧烈跳动了半天，最后才说道：“我今天下午去修道院了。”

“我听说了。”

尽管她几乎都不知该怎么说了，但还是强迫自己说了下去。

“当初你把我带到这儿，真的是想要我死吗？”

“如果我是你，就不会说这个，凯蒂。我觉得说这事儿不会产生好的结果，所以最好把它忘掉。”

“但是，你不会忘的，我也不会的。来这儿之后，我想了很多。你愿意听听我的想法吗？”

“当然愿意。”

“我有愧于你，对你不忠。”

他静静地站在那里，一动不动——那种平静如水的样子会奇异地令人感到恐惧。

“不知道你是否明白我的意思。对女人来说，那种事情一旦结束，也就没什么了。我觉得女人历来都吃不透男人到底是什么样的人。”她突兀地说，声音连她自己都认不出来了，“而你是知道查理是什么人的，也知道他会怎么做。是的，你说得很对，他的确是个一文不值的小人。若不是我跟他一样一文不值，大概也不会上他的当了。我不求你原谅我，也不求你像原来那样爱我，但咱们难道就不能做朋友吗？周围有成千上万的人在死去，而修道院的那些修女……”

“她们跟这有什么关系？”他打断她的话问。

“我也解释不清楚。我今天去了一趟修道院，心里产生了一种独特的感觉，觉得此行具有深刻的意义。在大灾大难面前，她们表现出了自我牺牲精神，简直太了不起了。我不由感到，如果让你因为一个愚蠢的女人对你不忠而烦恼，那就太不应该、太不合适了。希望你能明白我的意思。”

他没吭声，也没有走开，似乎在等着她说下去。

“沃丁顿先生和修女们跟我说到了你，对你赞不绝口。我很为你自豪，沃尔特。”

“你以前并非如此，总是看不起我。现在不了？”

“难道你不知道我害怕你吗？”

他又沉默了。

“我不明白你的意思，”他最后说道，“也不知道你到底想要什么。”

“我什么也不想要，只想让你少一点烦恼，多一点快乐。”

他回话时，她觉得他的态度变得生硬起来，声音十分冰冷。

“你觉得我不快乐，那你就大错特错了。我有太多太多的事情要做，根本不可能经常想起你。”

“我有一个想法，不知道修女们会不会允许我去修道院做点事。她们很缺人手，要是能让我去帮帮忙，那我就太感谢她们了。”

“那儿的工作既不轻松，也不快活，你恐怕很快就会失去兴趣的。”

“你特别瞧不起我吧，沃尔特？”

“不，”他迟疑了一下，然后说道，声音十分奇怪，“我是瞧不起我自己。”

第四十七章

晚饭后，沃尔特像往常一样坐在灯前看书。他每天晚上都是这样手不释卷地看书，直至凯蒂上床睡觉，才到实验室里去（那是一个他利用这座传教士住宅的空房间装备起来的实验室），在那儿工作到深夜。他睡得很少，潜心于各种实验（她不知道那都是些什么实验）。对于他的工作，他绝口不提（甚至在以前他也很少提，因为他天生就不是个喜欢张扬的人）。此时此刻，她心里如翻江倒海，把他刚刚说的话左思右想，觉得这次谈话没有得到任何结果。她对他了解得实在太少，弄不清他说的是真话还是假话。莫非他认为她不把他放在眼里，就完全无视她的存在，和她恩断义绝了不成？想当初他是那样爱她，觉得她的话比蜜还甜，而今不再爱她，便觉得她说出的话令人讨厌吧。这让她感到万分羞辱。

她看了看他。灯光照出他的侧影，宛如一尊浮雕。他五官端正、棱角分明，一张脸长得十分出众，但神情不仅仅是严肃，更可以说是冷酷。他如木雕石塑一动不动，全身上下只有眼睛由于在看书稍微移动一下，这隐约会使人感到恐惧。谁能想得到，这张冷酷的脸也曾柔情似水、激情勃发呢？她是记得的，这在她心里激起一阵厌恶。很奇怪，尽管他长得好看，又诚实可靠、才华横溢，然而就是让她爱不起来。从此她再也不必忍受他的抚爱，这倒是一种解脱。

记得她曾问他强迫她来这儿，其真实目的是不是想置她于死地，他却拒不回答。这就像一个谜团令她不解，叫她毛骨悚然。他的心地如此善良，很难让人相信他会有这种歹念。他最初提出要她来，肯定只是吓唬吓唬她，也是报复查理（这符合他那玩世不恭的幽默个性），后来由于倔强或是害怕出丑，才一直坚持到底，让她来了这儿。他说他瞧不起他自己，这话是什么意思？想到这里，凯蒂又看了看他那张平静而冷漠的脸，感到他根本就无视她的存在，就好像她不在屋里一样。

“你为什么要瞧不起自己呢？”她问道（几乎没有觉察到自己开了口），那语气就好像他们一直在谈话，中间没有过停顿似的。

他放下书，打量着她，似乎在把自己的思绪从遥远的地方收回来。

“因为我爱你。”

她脸一红，目光转向了别处——她无法忍受他那种冷酷、镇定、耐人寻味的眼神。她明白他的意思，稍稍过了一会儿，才回答道：“我认为你待我不公平，不该因为我愚蠢、轻浮、庸俗而责怪我。我就是在这样的环境中长大的，我认识的所有的女孩子都这样……责怪我，就像责怪一个没有音乐鉴赏力，去听交响音乐会时会感到无聊的人一样。只因你认为我应该具备某些品质，而我却不具备，结果你就责怪我，这样做公平吗？我从未想过要欺骗你，从未想过要伪装自己、掩饰自己，而只想漂漂亮亮、快快乐乐的。你去赶集，要买的不是珍珠项链和貂皮大衣这样的上等商品，而是锡铁喇叭和玩具气球这样的普通商品。”

“我并没有责怪你。”

他的声音很疲倦，令她开始有点儿不耐烦了。与笼罩在他们头上的可怕的死亡阴影相比，与白天她亲眼看到并为之感到敬畏的真善美相比，他们之间的那点儿事情实在是太渺小了。对此她突然已彻底醒悟，可他为什么就意识不到呢？一个愚蠢的女人出轨难道就真的那么要紧吗？她这位有着崇高理想的丈夫为什么要如此斤斤计较呢？奇怪的是，沃尔特这样一个聪明绝顶的人，怎么能钻牛角尖，不辨轻重呢？只因为他给一个布娃娃穿上华丽的衣服，把它供奉在圣殿里进行朝拜，后来发现布娃娃里填充了锯末，他便无法宽恕自己，也不能宽恕她。他的一颗心都碎了。他一直生活在幻象之中，当真相击碎了幻象，他便觉得天塌地陷，现实世界成了碎片。这一点千真万确——他无法原谅自己，因而也不会原谅她。这时，她似乎听见他轻轻叹了口气，不禁瞥了他一眼，心里突然产生了一个念头，差点儿连气都喘不过来了，几乎叫出声来。

莫非他所经受的痛苦就是人们常说的“心如刀绞”？

第四十八章

次日，凯蒂一整天都在想着修道院的事情。隔天一大早，沃尔特刚走不久，她就带着贴身女佣雇了滑竿，然后乘船过河。天刚放亮，渡船上挤满了中国人，有些是身着蓝布衣服的农民，还有些是穿着黑色长袍的上等人，一个个面色异样，就像是一群渡过冥河前往阴曹地府的亡灵。登岸后，他们游移不定地在码头上站了一会儿，好像不知道该往哪里去，随后才三三两两往山上爬去。

在这个时辰，街面上空空荡荡，使得这座城市比任何时候都更像一座鬼城。路人一个个神色迷离，不禁让人怀疑他们全都是鬼魂。天空晴朗无云，初升的太阳将圣洁和煦的光芒洒满大地。很难想象，在这样一个欢快、清新、爽朗的清晨，这座城市竟在瘟神的魔爪中苟延残喘，就像一个被疯子扼住咽喉快喘不过气的人。当人类痛苦挣扎、心怀恐惧地走向死亡时，大自然竟会如此无动于衷（蓝色的天空清澈如洗，一如幼童的心灵），简直匪夷所思。

滑竿在修道院门前停下来后，一个乞丐从地上爬起来，向凯蒂讨要施舍。他的衣服都褪色了，像是从垃圾堆里扒出来的，破破烂烂，从衣服破损处可以看到他皮糙肉厚，皮肤晒成了褐色，就像是山羊的皮。他赤裸的两腿枯瘦如柴，头上盖着粗硬的灰发，两颊凹陷，眼神狂乱，简直就是一个疯子。凯蒂吓得连忙转过了身去，轿夫粗喉咙大嗓门地让他滚开，但他却死缠着不走。为了把他打发掉，凯蒂哆哆嗦嗦给了他几个钱。

门开了，贴身女佣解释说凯蒂想见院长嬷嬷。接着，凯蒂再次被带进了那间憋闷的会客室（这儿有窗户，但似乎从未打开过）。她在这儿坐了很久，后来就胡思乱想起来，觉得她的口信没有送到。最后，院长嬷嬷终于走了进来，说道："恳请你谅解，让你久等了。我没想到你会来，正忙得不可开交。"

"我来这儿给你添麻烦了，敬请原谅。恐怕我来的不是时候，多有不便。"

院长嬷嬷朝她严肃而又亲切地笑了笑，请她坐下。凯蒂发现她眼睛红肿，显然刚哭过，不由吃了一惊——在她对院长嬷嬷的印象中，这位女性不太会为尘世的烦恼所动。

"怕是出事了吧？"她迟疑了一下说，"你看我是不是先回去？我可以改日再来。"

"不，不。请告诉我，我能为你做什么。若说出事……只是我们一位姐妹昨晚去世了。"院长嬷嬷的声音不再平静，眼里充满了泪水，"按说我不该悲伤，因为我知道她善良朴实的灵魂已经飞升天堂——她是位圣人。可是，一个人总是难以克服自己的弱点——恐怕我就做不到始终保持理智。"

"我很遗憾，非常非常遗憾。"凯蒂说，由于动了同情心，声音有些哽咽。

"她是十年前随我一起离开法国的姐妹之一，现在只剩下我们三个人了。记得轮船驶出马赛港时，我们一行人站在船头（你们英国人称之为bow①，对吧？），望着圣母玛利亚的金色雕像一起祈祷。自从我入教以来，最大的心愿就是能够到中国来。但是当我看到故土渐渐远去，就禁不住泪湿衣衫。我身为院长，这样的行为给姐妹们做了不太好的榜样。当时，圣弗朗西斯·泽维尔修女（即昨晚去世的那位）拉着我的手，劝我不要悲伤，说无论我们去哪儿，都与

① 英语，意为船头。

法国同在，与上帝同在。”

由于内心极度痛苦，也由于想哭却强忍住泪水，因为这是她的宗教信仰所不允许的，院长嬷嬷的那张严肃而美丽的脸孔都变了形。凯蒂觉得窥探别人的心理活动有失礼节，于是便将目光移开了。

“我一直代笔，为她写家书。她和我一样，都是家里的独生女。他们家是布列塔尼的渔民，如今痛失爱女，真是难以承受。唉，这可怕的疫病什么时候才能过去呢？我们有两个女孩今天早上发病了，除非出现奇迹，否则就会死去——这些中国人没有任何抵抗力。圣弗朗西斯修女的离去，对我们来说损失太惨重了。有那么多的事情要做，现在就更缺人手了。在中国其他地方的修道院有不少修女都很想来这儿——我相信，只要能来这儿，她们愿意放弃世间的一切（只是她们一无所有）。但来这儿几乎就是送死，所以只要这儿的姐妹们能应付下去，我就不愿意让别人再做出牺牲。”

“她们的精神叫人深受鼓舞，院长嬷嬷，”凯蒂说，“我一直觉得自己是在一个很不幸的时刻来这座城市的。那天你说这里的工作多得修女们做不完，所以我就有了想法，不知你能不能让我来这儿帮忙，不管干什么都行。我只想尽我的一份绵薄之力。即便你叫我擦地板，我也会感激不尽。”

院长嬷嬷愉快地笑了。凯蒂感到惊讶，没想到对方的情绪竟如此多变，瞬间便转悲为喜。

“你没必要来擦地板，这种活儿孤儿就能凑合着干。”院长说着停顿了一下，亲切地看着凯蒂，“亲爱的孩子，你不觉得能陪你丈夫来这座城市，就已经做得够多的了吗？很多妻子都没有这份勇气。若说别的，你丈夫忙了一天回到家后，你让他感到宁静和舒适，还有什么比这贡献更大的吗？听我的，他需要你的爱和关怀。”

凯蒂很难正视她的目光，觉得那目光公正、犀利，虽亲切却包含着一丝嘲讽。

“我从早到晚都无所事事。”凯蒂说，“我觉得这里要做的事情很多，而我却闲着，这叫我感到不安。我不想惹人讨厌，也知道我既无权强求你，也不该占用你的时间。不过，我说的都是心里话。如果你允许我来帮忙，就是对我施恩行善。”

“你看上去身体不太结实。前天你赏光来这儿看望我们，我发现你脸色很苍白，圣约瑟修女觉得这也许是你身怀六甲的缘故。”

“不是的，不是的。”凯蒂叫道，脸一下子红到了耳根。

院长嬷嬷清脆地笑了几声，说道：“这没什么好害羞的，我亲爱的孩子。这种猜测也并非没有可能。你们结婚多久了？”

“我脸色苍白是因为天生就这样，但我身体很结实。我向你保证，我什么活儿都不怕。”

这时院长已完全恢复了平静，无意中露出了平时的那种权威神情，细细地审视着凯蒂，使凯蒂感到一阵莫名的紧张。

“你能说中国话吗？”

“恐怕说不了。”凯蒂回答说。

“哦，这太遗憾了。我本来打算让你去照管那些大一点儿的女孩子。现在是非常时期，我担心她们会……怎么说来着？是失控吧？”她用试探的语气做出了结论。

“我不能去帮着修女姐妹们做护理吗？我一点儿也不害怕霍乱，可以去护理染病的女孩子或者士兵。”

院长嬷嬷现在不笑了，摇了摇头，脸上一副若有所思的神情，说道：“你是不知道霍乱是怎么回事，它简直可怕极了。医务室的工作都是士兵做的，我们只派一个修女在那儿监督。至于护理染病的女孩子……不行，不行，我相信你丈夫不会愿意的。那种景象实在是太可怕、太吓人了。”

“我会慢慢习惯的。”

“不行，万万不行。救死扶伤是我们的工作和责任，而你却没必要冒这个险。”

“你让我感到自己毫无用处、很无能。很难相信这里竟然没有任何我能做的工作。”

“跟你丈夫说过这个打算吗？”

“说过。”

院长嬷嬷看了看她，仿佛在窥探她内心深处的秘密，但看到她一副忧愁和恳求的样子，便莞尔一笑，问道：“想必你是新教[1]教徒吧？”

“是的。”

“没关系。沃森医生，就是那位病故的传教士，他也是新教教徒，这没什么大不了的。他是个大好人，对我们有恩，我们对他怀有深深的感激之情。”

凯蒂脸上闪过一丝笑意，但什么也没说。

院长嬷嬷似乎在斟酌，后来起身说道：“你有这片心意就很好。我想我可以找到事情给你做。实际情况是这样的：圣弗朗西斯修女现在离开了我们，这儿的工作堆积如山，我们都应付不过来了。你准备什么时候开始？”

“现在。”

“很好[2]。我很高兴听你这么说。”

“我向你保证一定会竭尽全力。十分感谢你给我这个机会。”

院长嬷嬷打开会客室的门，正要出去的时候又犹豫了一下，再次用她那犀利、洞察秋毫的目光将凯蒂细细打量了一番，随后把手轻轻放在她的胳膊上说：“要知道，我亲爱的孩子，无论在工作还是娱乐中，也无论在尘世还是修道院里，一个人都无法找到安宁——安宁只存在于人的灵魂中。”

凯蒂愣了一下，但院长嬷嬷已经快步走了出去。

---

① 新教，亦称基督新教，对罗马公教（即天主教）抱抗议态度，不承认罗马主教的教皇地位。

② 原文是法语：A la bonne heure。

第四十九章

凯蒂发现工作能使自己精神振奋。每天早晨，太阳刚一升起她就来到修道院，直至夕阳西下才返回——此时，晚霞将狭窄的河道和密密麻麻的帆船染成了金色。院长嬷嬷把照料小孩子的工作交给了她。当年，凯蒂的母亲从故乡利物浦到伦敦时，把料理家务的十八般武艺也带了去，凯蒂尽管好高骛远，在这方面却也承袭了一定的禀赋，厨艺不错，缝缝补补也是一把好手。只不过她在提及自己的这套本事时，老用调侃的语气。此时她展现出自己的才华，负责指导女孩子们缝纫和锁边。女孩子们能听懂一点儿法语，她也每天都学上几句中国话，因此觉得这工作并不棘手。在其他时候，她还得去照看年龄小的孩子，免得他们闯出祸来。她要给他们穿衣服、脱衣服，该睡觉的时候就照看他们睡觉。这里有不少婴儿，由几个保姆照料，但她也得留心，负责管理她们。这些事情没有一样是特别重要的，她情愿承担比较艰辛的任务，于是便提出了申请，但院长嬷嬷没有理会。出于对院长的敬畏，她也就没敢再吱声。

刚来的那几天，看见那些小女孩一个个穿着丑陋的制服，头发又硬又黑，圆圆的脸蜡黄蜡黄的，眼珠子黑得像黑刺李，她心里就有一些厌恶感，得费一些劲才能压制住。但想起自己第一次造访修道院时，那些丑陋的小东西将院长嬷嬷团团围住，院长顿时满面春风，脸上浮现出万般柔情，她就觉得不该有这种厌恶感。不久，看见小家伙们哭泣（有的是因为跌倒，有的是因为长牙疼得），她就会将其抱在怀里哄几句（尽管那些孩子听不懂她用的语言），用自己柔软的面颊贴一贴那哭泣的小黄脸——这些举动都可以起到宽慰和安抚的作用，也渐渐打消了她内心的那种陌生的感觉。那些小孩子们不再怕她了，每每遇到幼稚的小麻烦就来找她。见孩子们如此信赖自己，她感到非常开心。与那些跟她学针线活儿的年龄稍大的女孩相处的情况也是一样——她只要表扬她们几句，对方就会喜笑颜开，感到十分高兴，这叫她深受触动。她觉得她们喜欢她，于是既得意又自豪，反过来也喜欢上了她们。

然而，有个孩子叫她怎么也无法习惯。那是一个六岁的小女孩，因为患上脑积水成了白痴，大脑袋加上矮小的身子让她显得头重脚轻，走路摇摇摆摆，一双大眼睛目光空洞，嘴巴流着口水，说话嘟嘟囔囔，声音嘶哑，让人讨厌和害怕。不知为什么，这个小白痴对凯蒂产生了依恋，在屋里跟在她屁股后面，她走到哪儿，小白痴就跟到哪儿。不仅紧紧抓住凯蒂的裙子，把脸在她的腿上蹭来蹭去，还老想摸她的手。凯蒂厌恶得直哆嗦，知道小白痴渴望爱抚，可她就是无法做到这一点。一次，她跟圣约瑟修女谈起这孩子，说她真可怜，活着也是受罪。圣约瑟修女微微一笑，朝这个不幸的小东西伸出手去。后者走了过来，把她那水肿的额头在修女的手上来回蹭了蹭。

"可怜的小家伙，"修女说，"她被送到这儿的时候马上就要死了。上天开恩，当时我正巧站在门口，一刻也不敢耽搁，马上就给她施洗。你都不相信我们费了多大力气才保住了她的性命。有三四次，我们都以为她小小的灵魂就要升天了呢。"

凯蒂没说什么。圣约瑟修女却打开了话匣子，聊起了别的事情，说这说那的。次日，那个白痴孩子又来到凯蒂跟前，摸了摸她的手。凯蒂稳住情绪，用手抚摸了一下她那光秃秃的大脑壳，勉强挤出一丝微笑。但突然之间，小白痴一反常态，从她身边走开了，好像对她失去了兴趣，那天和随后的一整天都没再理睬她。凯蒂不知道自己做错了什么，又是微笑又是招手，想把她吸引过来，但她背过身去，假装没看见。

第五十章

修女们从早忙到晚，事情多得做不完。除了在那座很简陋的空荡荡的礼拜堂做礼拜以外，凯蒂很少见到她们。她头一天做礼拜，院长嬷嬷见她坐在那些按年龄排列坐在长凳上的女孩们后面，便停下来跟她说话。

“我们来礼拜堂做礼拜的时候，你不必觉得非来不可。”院长嬷嬷说，“你是新教教徒，有自己的信仰。”

“但我愿意来这儿，院长嬷嬷。这儿让我感到安心。”

院长嬷嬷将她打量了片刻，然后严肃地微微点了点头说：“当然，你完全可以按自己的意愿做，我只是想让你明白你没有这项义务。”

凯蒂跟圣约瑟修女相处得很融洽，虽然算不上亲密无间，却也熟稔了起来。这位修女执掌着修道院的经济大权，这个大家庭中所有成员的吃喝拉撒都由她负责，所以天天都忙得脚不沾地。据她自己说，只有在祷告的时候她才能休息一会儿。不过，傍晚时分凯蒂跟女孩子们一起干缝纫工作的时候，她倒乐于跑进来，声称自己已累坏了，忙得连一点儿空闲都没有，需要坐下来聊上几分钟。要是院长嬷嬷不在跟前，她就成了一个话匣子，成了一个快活人，喜欢开玩笑，也喜欢说一些小道消息。凯蒂在她面前毫无局促感——这位圣约瑟修女虽然身着庄重的修女服，但天性活泼、和善，见了她就叽叽喳喳说个没完。跟她交谈，凯蒂也不在乎自己的法语说得有多糟糕，说错了二人就一起开怀大笑。修女每天会教凯蒂几句常用的中国话。她是农家之女，本质仍是淳朴的农民。

“我小的时候放过牛，”她说，“就像圣女贞德[①]那样。但我这个人太爱捣蛋，不可能看见显圣[②]。幸好我没看见显圣，因为要是真看见了，我老爹非用鞭子抽我不行。那老头儿是个好人，但没少打我，因为我小时候太调皮了。有时候想起自己曾经搞过的恶作剧，我真感到害臊。”

一想到这个发了福的中年修女小时候竟是个淘气包，凯蒂不由乐得笑了。不过话又说回来，这位修女身上至今还留着一丝孩子气，让你有心去接近她。看见她，你就会联想到乡野芬芳的秋日，联想到苹果树上挂满了果实，联想到仓满廪实。她没有院长嬷嬷那种悲凉、严肃的圣人气质，而是快乐、淳朴、幸福。

“你想家吗？想回去吗，我的姐妹[③]？”凯蒂问。

“哦，不想回，回一趟家真是太难了。我喜欢这儿，跟孤儿们在一起，心里感到无比幸福。他们太好了，很知道感恩。做一个修女[④]是一件很美好的事情。不过，母恩难忘，谁都是喝过母亲乳汁的。家母年事已高，一想到也许再也见不到她，我就感到难过。好在她很喜欢她的儿媳，我哥哥对她很好。我的外甥快成大人了，估计用不了多久农场就会多一个强有力的帮手，一定会让他们高兴的。我离开法国的时候他还很小，不过看他的那双手，将来一定能放倒一头公牛。”

在宁静的房间里听这位修女说话，你几乎难以意识到霍乱正在

① 法国民族英雄，天主教圣人。在英法百年战争（1337 — 1453）中她带领法国军队对抗英军的入侵，最后被捕并被处决。

② 贞德原本是一位法国农村少女，她声称在十三岁时的一日，在村后的大树下遇见了天使圣弥额尔、圣玛加利大和圣加大肋纳。

③ 原文是法语：ma soeur。

④ 原文是法语：on a beau etre religieuse。

外边疯狂蔓延。圣约瑟修女有一种天不怕地不怕的劲儿，而这也感染了凯蒂。

她对这个世界以及世界上的各种人都抱有天真的好奇心，向凯蒂提了不少问题，有关于伦敦的，也有关于英国的。她想象英国是一个浓雾弥漫的国家，甚至在中午都伸手不见五指。她还问凯蒂是否经常参加舞会，是否住在豪宅里，有多少兄弟姐妹。她经常谈及沃尔特，说院长嬷嬷认为沃尔特是个大好人，她们每天都为他祈祷，还说凯蒂能有一位如此善良、勇敢、聪明的丈夫，是多么幸运啊。

第五十一章

不过，圣约瑟修女迟早会把话题拉回院长嬷嬷身上。凯蒂从一开始就意识到这位女性人格高尚，是整座修道院的主心骨，无疑受到修道院里所有人的爱戴和敬仰，同时也被他们敬畏，甚至惧怕。尽管她待人亲切，但在她面前，凯蒂感到自己窘迫得就像个女学生。跟她在一起，凯蒂总觉得尴尬、慌乱，内心会产生一种奇特的感情，对她敬如神明，这使得凯蒂手足无措。圣约瑟修女心里藏不住话，于是就迫不及待地对凯蒂介绍了院长嬷嬷的来头，说她出身于名门望族，有许多族人都是历史上举足轻重的大人物，她本人跟欧洲半数的国王是表亲关系[①]，西班牙国王阿方索经常去她父亲的领地打猎，他们家族的城堡遍布法国各地。放弃这样的荣华富贵和显赫的地位，的确难能可贵！凯蒂听的时候面带微笑，但内心却受到了深深的触动。

“其实[②]，你只要看她一眼，就能看出她出身于名门望族[③]。”修女说。

“她那双手是我所见过的最美的手。”凯蒂说。

---

① 原文是法语：un peu cousine。

② 原文是法语：Du reste。

③ 原文是法语：comme famille， c'est le dessus dupanier。

“是的，但你不知道她是怎么使用那双手的——她什么活儿都干，真是我们的好院长啊[①]。”

她们刚来这座城市时，这里什么都没有，是她们亲手建起了修道院。院长嬷嬷设计了蓝图，又亲自监督施工。自从到达的那一刻，她们就开始从“婴儿之家”和残忍的接生婆手里拯救那些可怜巴巴、没人要的女婴。一开始她们连睡觉的床铺都没有，窗子上也没有玻璃，无法挡住夜晚的风（“那种风没有任何好处，”圣约瑟修女说，“只对身体有害。”）。她们常常是囊空如洗，不光是付不出建筑工人的工钱，就连粗茶淡饭都买不起。怎么说呢，她们过的日子简直就像乞丐，吃的简直就是猪狗食——在法国，为院长的父亲干活儿的佃农会将这种食物拿去喂猪。在这种情况下，院长嬷嬷会把修女们召集来跪下祈祷。随后，圣母玛利亚就会送钱来。有的时候，次日就会有人汇来一千法郎；有的时候，正当她们跪在地上祈祷时，就有人敲门送来礼物——来人或许是个陌生的英国人（可能还是个新教徒），或者还是个中国人呢。一天，她们再次身陷这种困境，于是就向圣母起誓：如果圣母来救助她们，她们就为她背诵《九日经》以表敬意。

“你能相信吗？那位好笑的沃丁顿先生第二天就来看我们了。他说我们一个个看上去都需要吃一盘烤牛肉，于是就给了我们一百个大洋[②]。”圣约瑟修女说，“那个小个子头上没头发，一双小眼睛滴溜溜转[③]，爱说爱笑，要多滑稽有多滑稽。我的上帝[④]，他说法语简直就是在糟蹋法语，可你还是忍不住被他逗得捧腹大笑。他总是那么风趣，虽然处于可怕的疫情期间，仍谈笑风生，就像是在度假。除了口音，无论是情感还是智慧，他都像个法国人，你哪里能相信他竟

① 原文是法语：notre bonne mere。

② 即银元。

③ 原文是法语：ses petits yeux matins。

④ 原文是法语：Mon Dieu。

然是个英国人。若说口音，有时我觉得他是有意撇腔，就是为了逗你笑。当然，他的生活作风就不那么令人称道了，不过那是他自己的私事（圣约瑟修女说到这里叹了口气，耸了耸肩，摇了摇头）。他是个单身汉嘛，又是个年轻人。”

“他的生活作风怎么啦，我的姐妹？”凯蒂笑着问。

“难道你不知道吗？那种事情说一说就是罪过，本来我是不该讲的。他跟一个中国女人同居——那女子不是汉族，而是满族，好像还是位公主，爱他爱得发疯。”

“听上去不太可能呀。”凯蒂叫道。

“是真的，是真的。我向你保证，这件事千真万确。他千不该万不该，不该做出这种事。你第一次来修道院的时候，他不吃我特意做的玛德琳蛋糕，院长嬷嬷说他的口味让满族饭菜给毁了，难道你没听见吗？院长指的就是这件事，你应该也看见他做了个鬼脸。这件事说起来十分离奇。好像汉口爆发革命，满人遭到屠杀时，他正巧在那里。于是这位善良的小个子沃丁顿成了一个大家族的救命恩人。那个大家族是皇亲国戚，族里的那位公主就发疯一般爱上了他……至于其他的情况，你也能猜得到。后来他离开汉口的时候，她便逃出家门跟着他跑了。如今无论他去哪儿她都跟着，他也索性将她留在了身边。我敢说可怜的沃丁顿先生很喜欢那女子——满族女人嘛，一般都是很迷人的。瞧，我这是怎么啦，有那么多的事情要做，我却坐在这儿聊天。我可真是个不称职的修女，应该为自己感到脸红。”

第五十二章

凯蒂有种奇怪的感觉，觉得自己正在成长。由于一刻不停地忙碌，她不再胡思乱想，因为看到了别样的人生、别样的景象，她心里又充满了憧憬。她开始恢复元气，觉得自己心情变好了，身体变强壮了。她曾以为自己的命运已无法改变，只能以泪洗面度日，谁知她遇到这样那样的事情竟会笑出声来，这叫她感到意外，甚至大为困惑。她开始觉得在可怕的疫病中心过日子是件十分自然的事情。她知道自己周围有人正挣扎在死亡线上，但她已经不再去多想这些。院长嬷嬷禁止她进入医务室，而那几扇紧闭的房门激起了她的好奇心。她很想偷偷往里面看一眼，可这样做难免会被人发现。如果被发现，真不知院长嬷嬷会怎么处罚她呢。假如被赶走，那可就糟了。现在她跟孤儿们建立了鱼水情，她一走，孤儿们不知会多么想念她呢。实际上，她觉得孩子们现在已经离不开她了。

她突然发现自己有一个星期都没想过查尔斯·汤森德了，夜里也没梦见过他。她感到自己的心在胸膛里狂跳——她的相思症已经痊愈了！现在想起他，她感情淡漠，因为她已不再爱他了！啊，她彻底解脱了，真像是获得了解放！回想起来也真怪，她当初怎么能那样癫狂地爱他，觉得他要是甩了她，她就活不了，觉得生活没有了盼头，只能在痛苦中煎熬。而现在她有了笑声，觉得查尔斯·汤森德是个分文不值的小人。她好傻啊！现在平心静气地想一想，真不知道自己到底看上了他哪一点。幸好沃丁顿对此一无所知，她可忍受不了他那刻毒的眼神，那含沙射影的挖苦讽刺。她自由了，终于自由啦！彻底解放啦！想到这里，她高兴得差点儿笑出声来。

这时，孩子们嬉戏喧闹，正在玩游戏。平时，孩子们玩游戏时她都是在一旁观看，脸上挂着笑容，如果吵闹得太厉害就走过去制止一下，照看着她们不要闯祸，免得弄伤了哪一个。而这一次，她高兴得不行，觉得自己也像个小孩子，跟那些孩子是同龄人，于是加入了游戏中。小女孩们高兴地接纳了她，在屋子里你追我、我追你，扯开嗓门尖声喊叫，乐得发了疯一般，一个个兴奋得直蹦，吵闹声大得吓人。

突然，门开了。见院长嬷嬷站在门口，凯蒂窘迫极了，急忙从十几个抓着她尖声狂叫的小女孩手中挣脱了出来。“你就是这样让孩子们守规矩、保持安静吗？”院长嬷嬷唇边挂着微笑问。

“我们在玩游戏，院长嬷嬷。她们太兴奋了，都怪我管理不善。”

院长嬷嬷走上前来，孩子们像往常一样围住了她。她又是用手拍孩子们的小肩膀，又是开玩笑地扯扯她们黄黄的小耳朵。随后，她将目光转向凯蒂，目光温柔，看了凯蒂许久，看得凯蒂脸发红、呼吸加快——凯蒂一双水汪汪的眼睛闪着亮光，刚才嬉闹中一头秀发披散了下来，乱蓬蓬的，看上去十分可爱。

“你真漂亮，我亲爱的孩子。[①]”院长嬷嬷说，“看着你就让人高兴，怪不得孩子们这么喜欢你。”

凯蒂羞得脸通红，不知道为什么，突然热泪盈眶，连忙用手捂住了脸。“哦，院长嬷嬷，你真是叫我不好意思了。”

“好啦，别说傻话。美貌也是上帝的恩赐，是最稀有、最珍贵的礼物。如果我们幸而拥有，就应该心怀感激；如果我们没有，而别人拥有，我们也应该心怀感激，因为别人的美貌会让我们心情愉悦。”

院长嬷嬷说完又笑了笑，就像对待小孩子一样，轻轻拍了拍凯蒂柔软的脸蛋。

---

① 原文是法语：Que vousetes belle， ma chere enfant。

第五十三章

自从去修道院工作，凯蒂就很少见到沃丁顿了。有两三次他到河边迎住她，二人一道走上山去。他顶多进门喝杯威士忌加苏打水，却很少留下来吃饭。不过，有一个星期天他提议他们带着午餐，坐上滑竿去一座佛教寺院。寺院在城外，离城有十英里，是远近闻名的朝圣之地。院长嬷嬷坚持要让凯蒂每星期休息一天，星期天是不准许她工作的，而沃尔特这一天自然还像平时那样忙碌。

为了赶在正午酷暑之前到达寺院，他们早早就出发了，乘坐滑竿沿着稻田间一条狭窄的田埂逶迤前行，一路上偶尔会经过几片竹林，竹林间会瞧见几座舒适的农舍，气氛十分温馨。凯蒂很是享受这份闲适的时光——在城里憋得久了，看见这开阔的乡野风光，她感到心情舒畅。寺院坐落在河边，里面矮房星罗棋布，树影婆娑，环境优雅。

二人抵达后，和尚笑脸相迎，引着他们穿过空寂肃穆的庭院，让他们参观一座座神殿，里面供奉着龇牙咧嘴的金刚罗汉。大雄宝殿中供奉着释迦牟尼佛的佛像，佛像表情清高、悲愁、伤感、深沉，微微含笑。寺院里一片破败的景象，辉煌壮丽的神殿年久失修，已经损毁，神像上面布满灰尘，善男信女们对它们的信仰正在灭亡。和尚们困守此处，似乎出于无奈，仿佛随时都可能树倒猢狲散，各奔东西。那方丈彬彬有礼，笑盈盈的，笑容中带着一种看破红尘、听天由命的味道。总有一天，这些和尚会离开这片树影婆娑、环境优雅的圣地，而那些亭台楼阁会坍塌，被人遗忘，最终毁于狂风暴雨，被周围的荒林野地所包围。那时候，佛像上会野藤缠绕，庭院中会杂木丛生。彼时，这儿不会再有神灵，而会成为妖魔鬼怪的出没之地。

第五十四章

他们来到一座小亭子前（那亭子有四根红漆柱子，高高的，覆盖着碧瓦，亭子里停放着一尊巨大的铜钟），在台阶上坐下，从这儿眺望那缓缓流淌的河水，望着河水绕过好几道弯流向那座瘟疫横行的城市。从这儿望去，可以看见城墙，上有许多雉堞。酷热蒸腾，热气弥漫在城市的上空，似云如雾。河水虽然流速缓慢，却仍给人以动感，会叫你产生一种白云苍狗、沧海桑田的悲凉。人生一世，草木一秋，身后究竟会留下什么呢？凯蒂感慨万千，觉得全部人类如长河，而个人则似河里的水滴，彼此依偎，却又各成一体，汇成洪流奔向大海。人生苦短，没有任何事情值得伤怀——如果对小是小非也锱铢必较，伤己又伤人，惹得大家都不痛快，那就太可悲了。

“你知道哈林顿花园吗？”她问沃丁顿，美丽的双眼充满笑意。

“不知道。怎么啦？”

“没什么。那地方跟这儿隔着千山万水，我们家就在那儿。”

“你想回家啦？”

“不想。”

“我想，再过两个月你就能离开这里了。瘟疫似乎已接近拐点，天气一转凉就结束了。”

“真让我离开，我还舍不得呢。”

一时间，她想到了未来，觉得前程难卜，不知道沃尔特心里有什么打算。沃尔特什么也不跟她说，冷淡、客气、沉默、高深莫测。他们就像河里的两滴水，默默地流向不可知的未来——这两滴水各成一体、相互独立，而在外人看来却是浑然一体、不可分割的。

“你可要当心，别让那些修女拉你皈依了她们的宗教。”沃丁顿说着，坏坏地笑了笑。

“她们太忙，顾不上这个。再说，她们也没有这个心。她们都是好人，心地善良。不过……我解释不清为什么……她们跟我之间总隔着一道屏障。我不知道那是什么样的屏障，只觉得她们好像掌握着秘籍，使得她们的生活有了奔头，而我却不配分享。那不是宗教信仰，而是一种意义更深远、更宏大的人生目标。她们生活在一个完全不同的世界里，有别于你我的世界——咱们对她们来说永远是陌生人。每天修道院的门在我身后关上时，我都有一种感觉，觉得我在她们的眼里已不复存在。”

“我能理解，这对你的虚荣心多少是个打击。”他夹枪带棒地说。

“我的虚荣心？”凯蒂耸了耸肩膀说，随后又笑了笑，懒洋洋地把脸朝向了他，“你跟一个满族公主住在一起，你为何从没给我讲过？”

“那些爱嚼舌头的老婆娘都跟你说了些什么？有一点可以肯定：修女谈论海关官员的私事是一种罪过。”

“你怎么会如此神经敏感？”

沃丁顿垂下眼睛，朝旁边望了一眼，一副诡秘的样子，轻轻耸了耸肩膀说：“这种事情不便张扬，因为张扬出去对我的晋升恐怕不会有多大的好处。”

“你很喜欢她？”

他一听，抬起头来，难看的小脸上露出淘气的小学生一般的表情说：“她为了我放弃了一切，放弃了她的家、她的亲人、安稳的生活和她的自尊。多少年来，她将所有的一切都抛在了身后，就是为了能跟我在一起。有两三次我把她送回去，但她总是又会跑回来。我见她不走，那我就走，可是每一次她都会跟来。现在我已经没辙了，只好这样过下去了，恐怕后半生得和她一起度过日月了。”

“她一定爱你爱得发狂。”

“这是一种相当奇特的感情，你知道。”他回答说，皱着眉头，一脸困惑，“我丝毫不怀疑，如果我真的离开她，真的一走了之，那她非自杀不行。她自杀不是因为恨我，而是一种很自然的选择——没有我，她是不愿再活下去的。认识到这一点让人产生一种奇特的感觉，让你不禁会觉得自己还是有些分量的。”

“可是，爱情的意义在于付出爱，而不在于被爱。接收大爱之人甚至可以不怀感激之心，而不怀大爱者则遭人鄙视。”

“我所接收的并非大爱，”他答道，“只是儿女情长。”

“她真的是位皇家公主吗？”

“不，那是修女们浪漫的夸张。她出生于满族的一个大家族。当然，所有的大家族都被一场革命断送了。不管怎么说吧，她是一个大家闺秀。”

他说话的语气很是自豪，凯蒂的眼里不由露出了一丝讥笑。

“这么说，你要在这儿待一辈子了？”

“你是指在中国？是的。她又能去哪里呢？等我退休了，就在北京买一处小宅院，在那儿度过余生。”

“你们有孩子吗？”

“没有。”

凯蒂好奇地看着他。真奇怪，想不到这个长着一张猴脸的秃头小个子男人竟能让一个外国女子爱得死去活来。尽管他说起那女子时语气很随便，言辞轻慢，但不难看出那女子对他却是感情深厚、忠贞不二，真是叫人百思不得其解。凯蒂感到困惑，于是便笑着说：“这里离哈林顿花园似乎很远哟。”

“你为什么说这话？”

“还不是因为不理解呗。生活真是太奇怪了。我觉得自己以前是井底之蛙，守着一个小池塘过日子，现在却突然看到了辽阔的大海，实在叫我激动得有点儿喘不过气来了，心里充满了喜悦。我不想死，想活下去，于是感到一股新的勇气油然而生。我觉得自己就像一个水手，扬帆起航要去探索一片新的水域，我的灵魂渴望获得新的人生。”

沃丁顿若有所思地看了看她。她则出神地望着那平静的河面，觉得沃丁顿和那女子就像两个小水滴，在默默地、无声无息地流向那黑暗、永恒的大海。

“我可以去看看那位满族小姐吗？”她突然抬起头问道。

“她一句英语也不会说。”

“你一直对我很好，为我做了那么多事情，或许我去看望她，可以表达表达我的心意。”

沃丁顿一声讪笑，但回答得倒是很痛快：“好吧，哪天我过去接你，让她给你献上一杯茉莉花茶喝。”

这段异族恋情从一开始就令凯蒂产生了浓厚的兴趣，她觉得那位满族公主就像是一种象征，隐约却又执着地在召唤着她，要指引她前往一个神秘的精神王国。

第五十五章

然而，一两天后发生了一件让凯蒂料想不到的事情。

她如常来到修道院，立刻着手干第一项工作：招呼孩子们洗脸穿衣。由于修女们坚持认为夜晚的空气有害，于是将宿舍里的窗户紧紧关闭，使得屋里的气味十分难闻。每次呼吸过清晨的新鲜空气，再一进宿舍，凯蒂总觉得有点儿不舒服，会马上去把窗户打开。但今天来到窗前，她突然感到一阵难受，只觉得天旋地转，于是便站定，想稳一稳情绪。以前她从未这般难受过，胃里的酸水直朝上翻，接着就呕吐起来。她的呻吟声吓坏了孩子们，那个给她充当助手的大女孩急忙跑上前来，可是看见她脸色惨白、浑身哆嗦，就戛然止住了脚步，口中惊叫了一声。霍乱！这念头从凯蒂的脑子里一闪而过，接着她就想到了死，犹遭五雷轰顶，吓得魂不附体。一时间，她苦苦挣扎，觉得霍乱的毒液正顺着她的血管流遍全身。她难受极了，随即眼前一黑就栽倒了。

待睁开眼来，她一时不知自己身在何处，觉得好像躺在地板上，便微微动了动头，发觉下面垫着一个枕头。她记不得刚才发生了什么事情，却见院长嬷嬷跪在她身边，把嗅盐拿近她的鼻子让她嗅，圣约瑟修女站在跟前看着她。就在这时，那个可怕的念头又是一闪——霍乱！凯蒂发现修女们满脸惊讶之色，由于视物不清，她觉得圣约瑟修女十分高大，轮廓模模糊糊的。她又一次吓得魂飞魄散。

“啊，嬷嬷，嬷嬷，”她抽泣着说，“我是不是要死了？我不想死。”

“你当然不会死的。”院长嬷嬷说。嬷嬷很是镇定，两眼中甚至带着点儿喜悦。

“可是，我染了霍乱啊。沃尔特在哪儿？有人去叫他了吗？啊，嬷嬷，嬷嬷。”

凯蒂泪如泉涌。院长嬷嬷伸过一只手，她立刻抓住它，像抓住了救命稻草。

“好啦，好啦，我亲爱的孩子，你不该这么糊涂。你没有染上霍乱，也没有得别的什么病。”

“沃尔特在哪儿？”

“你丈夫实在太忙了，不便打搅。用不了五分钟你就没事了。”

凯蒂用焦虑的眼神盯着院长，觉得她不该如此镇定，如此残酷无情。

“你安安静静休息一会儿，”院长嬷嬷说，“没必要大惊小怪。”

凯蒂感到自己的一颗心狂跳不已。由于最近老想霍乱，已经习以为常，她觉得自己不可能被传染上。唉，她简直太愚蠢了！现在，她知道自己就要死了，这才惊得花容失色。说话间，孩子们搬来一把藤条长椅，放在了窗户前。

“来，让我们把你扶起来。”院长嬷嬷说，“你躺在藤椅上会舒服些。你觉得现在能站起来吗？”

她把两手伸到凯蒂的腋下扶她起来，圣约瑟修女过来帮忙。凯蒂站起来，随即便瘫倒在了藤椅上。

“我最好把窗户关上，”圣约瑟修女说，“清晨的空气对她没有好处。”

“别关，别关，”凯蒂说，“就让它开着吧。”

看见那蓝色的天空，她觉得自己有了信心——刚才她吓慌了神，现在感觉明显好多了。两位修女默默看了她一会儿，圣约瑟修女对院长嬷嬷说了句什么，凯蒂没有听懂。随后，院长嬷嬷在长椅旁边坐下，拉着她的手说："听我说，我亲爱的孩子[1]。"

她问了一两个问题。凯蒂回答了，却不明就里，不知道问这些是什么意思。说话时，凯蒂的嘴唇哆嗦不已，几乎语不成句。

"这就没什么疑问了。"圣约瑟修女说，"这种事情我看得很准，不会出错的。"

她呵呵笑了几声。凯蒂觉得她似乎有点儿激动，笑声中透露出深深的关爱。院长嬷嬷仍握着凯蒂的手没有松开，笑盈盈的，显得和蔼、温柔，说道："圣约瑟修女在这种事情上比我有经验，亲爱的孩子。她立刻就明白你这是怎么回事了——她的判断显然很准确。"

"这是什么意思？"凯蒂焦急地问。

"这是秃子头上的虱子——明摆着的。难道你从来就没想过会有这种事情吗？你怀了孩子，我亲爱的。"

凯蒂这一惊非同小可，浑身上下抖如筛糠，双脚落到地上，像是要跳起来似的。

"躺着别动，躺着别动。"院长嬷嬷说。

凯蒂觉得自己的脸腾地红了，把两手捂在了胸口上，说道："这不可能，绝对不是真的。"

"她说什么？[2]"圣约瑟修女问。

院长嬷嬷翻译给她听。圣约瑟修女那张淳朴的大脸笑开了花，脸上闪着红光，说道："不可能弄错的，我可以用我的荣誉担保。"

"你结婚多久了，我的孩子？"院长嬷嬷问道。

"哎，我的嫂嫂像你结婚这么久的时候，都已经有两个孩子了。"

凯蒂又躺倒在椅子上，感到心如死灰，低声说道："真是太丢人了。"

"生孩子有什么可丢人的？嗨，这是再正常不过的事情了。"

---

① 原文是法语：ma chere enfant。

② 原文是法语：Qu'est-ce qu'elle dit ?

“医生得多高兴啊。[1]”圣约瑟修女说。

“是啊，想想你丈夫该多幸福啊——他一定会乐上天的。你只要看看他平时跟孩子们在一起的样子，看看他跟孩子们玩耍时脸上的表情，就知道他要是自己有了孩子，一定会高兴得发疯的。”

凯蒂半天没吭声。两位修女温情而关切地看着她，院长嬷嬷抚摸着她的手。

“我真糊涂，先前竟没想到这一点。”凯蒂说，“不管怎么说，我很高兴不是霍乱。现在我感觉好多了，要回去工作了。”

“今天就不要工作了，我亲爱的孩子。你受了惊吓，最好回家休息休息。”

“不，不，我还是留下来工作好。”

“你还是回家休息吧。如果让你任性留下来，我们的好医生会怎么说呢？如果你愿意来，就明天或者后天再来吧，但今天你必须静养。我这就叫人去雇滑竿。要不要我派个女孩陪你回去？”

“哦，不用。我一个人能行。”

① 原文是法语：Quelle joie pour le docteur。

第五十六章

凯蒂躺在床上，百叶窗关着。饭后，仆人们都去睡午觉了。早晨知道自己怀了身孕（对此现在她已坚信不疑），她一时慌了神。回到家里后，她试图将这件事好好想一想，但脑子里一片空白，心神总也定不下来。突然，她听见了脚步声，来人穿的是靴子，因此不可能是哪个男仆。她一愣，心提到了嗓子眼里，意识到这只能是她的丈夫。他进了客厅，叫了她一声，但她没回答。过了一会儿，他敲响了她卧室的门。

“谁？”

“我可以进来吗？”

凯蒂一骨碌从床上坐起来，套上一件晨衣说：“进来吧。”

他走了进来。她很庆幸百叶窗关着，阴影遮住了她的脸。

“但愿我没有吵醒你——我敲门敲得非常轻。”

“我就没睡觉。”

他走到一扇窗户前，一把推开百叶窗，温暖的阳光立刻洒进了房间。

“有什么事吗？”她问，“你为什么回来得这么早？”

“修女们说你身体不太舒服，我觉得最好回来看看是怎么回事。”

她心头掠过一丝怒意，问：“如果是霍乱，你会怎么说？”

“如果是霍乱，你今天上午就不可能回家来了。”

她走到梳妆台前，用梳子梳理头上的乱发，想给自己争取点时间。接着，她坐下来，点燃了一根烟说："今天早上我不太舒服，院长嬷嬷认为我最好还是回到这儿来。不过我现在已经全好了，明天照常去修道院。"

"怎么个不舒服？"

"她们没告诉你？"

"没有。院长嬷嬷说你会亲口告诉我的。"

他一反常态，跟平时不太一样，直视着她的脸（他的职业本能使得他克服了内心的厌恶）。她犹豫了一下，随后横下一条心迎住他的目光说："我要生孩子了。"

听到这样的消息，一般人会惊讶得叫出声，而他总是一声不吭、默默无语，对此她早已见怪不怪。但这一次，他的沉默实在令她难以忍受。他什么也没说，没有任何表示，脸上的肌肉一动不动，那双黑眼睛里的神色也没有任何变化，就好像他没听见一样。蓦然，她感到一阵悲哀，真想大哭一场。如果是一对恩爱夫妻，在这样的时刻一定会激动得不得了，紧紧拥抱在一起。她觉得自己再也无法忍受这样的沉默，于是便开口说道："真不知我以前怎么就没想到这一点。都怪我太愚蠢了，不过……由于种种原因……"

"你怀孕多长时间了……你估计什么时候分娩？"

这话似乎用了好大力气才从他嘴里说了出来——她能感觉得到他跟她一样，也是喉咙发干。可恨的是她一说话就双唇乱抖——他如果不是铁石心肠，就凭这也应该对她动恻隐之心。

"我有这种感觉估计有两三个月了。"

"我是孩子的父亲吗？"

她倒吸了一口冷气，听出他的声音里有一丝颤抖。他平时总是那般冷静和自制，所以哪怕只出现一丁点感情变化的征兆也会叫她愕然和震惊。她不知为什么想到了在香港见过的一种仪器，上面有一根指针哪怕只轻轻一动，就意味着千里之外发生了地震，也许上千人会死于非命。她看看他，发现他面如死灰——他这样的脸色她以前也见过，但只见过一两次。他低下头，眼睛斜睨，又问了一声：“我是吗？”

她两手紧握在一起，情知自己如果说一个“是”字，对他而言是极为重要的。他一定会相信她的话，一定会的，因为这正合他的心愿。那时，他一定会原谅她做过的错事。她知道他是个重感情的人，尽管内向，对自己却表达出了浓浓的柔情蜜意。她知道他不会记仇，只要给他一个借口，就能触动他的柔肠，他一定会彻底原谅她，绝不会旧事重提，揭过去的旧伤疤。他或许有些心狠、冷酷、可怕，但并不虚伪、小肚鸡肠。如果她说出一个“是”字，所有的一切都会发生根本的改变。

再说，她迫切需要别人的同情。突然知道自己怀了身孕，她心里五味杂陈，像打翻了一个调料瓶子，生出了许多古怪的念头和前所未有的想法。她感到虚弱，有点儿害怕，有种远离亲友的孤独感。虽然她并无思母之心，但这天早上她突然恨不得肋下生翅飞到母亲身边，因为她需要母亲的帮助和安慰。她不爱沃尔特，知道自己永远也不会爱他，但此时此刻却多么渴望他把她搂在怀里，让她把头依偎在他的胸前，小鸟依人般靠在他的怀中，痛痛快快哭上一鼻子。她多么想让他吻她，多么想用胳膊搂住他的脖子啊！

想到这里，她潸然泪下。她已经撒了那么多谎，现在再撒一个又何妨！若能成全好事，撒个谎又有何大碍？！撒谎，撒谎，撒谎算得了什么呢？！一个“是”字不费吹灰之力就能脱口而出！她仿佛看见沃尔特的眼神变得温和了，朝她伸出了双臂。可这个字她说不出口，不知道为什么，就是说不出口。这几个星期她经历了无数磨难，认清了查理的真面目，知道他是个卑鄙小人，又亲自目睹了霍乱肆虐、百姓罹难以及修女们救死扶伤的情景，内心发生了翻天覆地的变化。奇怪的是，就连那个滑稽的小个子酒鬼沃丁顿也对她产生了深远的影响，使得她与以前判若两人。她固然心有所动，想撒谎，但觉得身旁好像有个人在观望，一脸的恐惧和诧异，在逼着她说实话。看来，要撒谎是不行了。她心里像开了锅，出奇地缭乱。

蓦然，她仿佛看见了那个横尸于围墙脚下的乞丐。怪了，她怎么会想起那人呢？这时，她没有哭出声，但泪水从眼里泉涌而出，顺着脸颊唰唰地往下淌。末了，针对他对孩子父亲的这一问，她回答道：“我不知道。”

他嘿嘿笑了几声，笑得阴阳怪气，让凯蒂不寒而栗。

“有点儿尴尬，对吧？”

这回答符合他的个性，一点也不出乎她的意料，但还是让她的心往下一沉。她心里寻思：难道他就不明白对她而言说真话是多么艰难（其实，她情知这并不难，不仅不难，而且最终非说不可）？他应该理解她才对。“我不知道”——这一回答像铁锤一样敲击着她的脑仁。她想收回，但说出去的话如泼出去的水，哪能收得回来。她从包里掏出手帕擦干眼泪，两人都没再说话。床边的柜子上放着一只水瓶，他倒了一杯水端过去，举着杯子喂她喝。她注意到他的手瘦得不成了样子——原先，他的手很漂亮，手指修长，现在简直成了皮包骨，还微微颤抖着。他可以控制自己的表情，但他的手却出卖了他。

“我流眼泪，你别往心里去。”她说，“其实没什么要紧的，我只不过是忍不住，就让泪水流出来了。”待她喝完水，他把杯子放回去，坐到一把椅子上，点了一支烟，轻轻叹了口气。他以前也这样叹过气，她每次听见都感到一阵揪心。现在看看他，只见他茫然地凝视着窗外，目光呆滞。这一看不当紧，她惊讶地发现他这几个星期竟消瘦得这么厉害，自己却一直没有注意到。这时的他形销骨立，太阳穴凹陷，一张脸都成了皮包骨，衣服松松垮垮套在身上，就像穿着别人的大号衣服，皮肤虽然晒黑，但难掩病容。由于工作辛苦，睡得太少，吃饭饥一顿饱一顿，他看上去已疲惫到了极点。她自己满腹心事，像在油锅里煎熬，见这情状，却也生出几分同情。想一想自己不能为他分忧愁，她倍感不忍。

他用手捂住前额，仿佛头疼，这叫她觉得她的那句“我不知道”的回答也像铁锤一样在敲击着他的脑仁。这个郁郁寡欢、冷漠而害羞的男人对那些幼儿竟会如此关爱，真是叫人奇怪。大多数男人都不喜欢孩子，甚至连自己亲生的孩子也不怎么放在心上。然而这个男人却是这般情状，修女们不止一次跟她说过，说的时候很感动，同时又觉得很有意思。如果他对那些滑稽可笑的中国幼童都能这样体贴，对自己的孩子又会怎样呢？想到这里，凯蒂咬紧嘴唇，不让自己再哭起来。

他看了看手上的表，说道："恐怕我得回城里去了。今天还有很多事情要做……你没事吧？"

"哦，没事，不用为我操心。"

"我想你晚上最好不要等我了。我也许很晚才能回来，就去朱上校那儿蹭顿饭吧。"

"好吧。"

他站起了身，又说道："如果我是你，今天就什么都不做。你最好休息休息。我走之前你还有什么事要我做吗？"

"没有了，谢谢。我会很好的。"

他沉吟片刻，好像有些举棋不定。后来，他看也没看她，猛地抓起帽子走出了房间，接着就传来了他穿过院落的脚步声。她感到一阵孤独，孤独到了极点，觉得现在也没必要再控制自己了，索性打开闸门，让泪水尽情地流淌。

第五十七章

夜间十分闷热，凯蒂坐在窗前，望着中国寺院那一片片梦幻般的屋顶——在星空之下，它们显得格外幽暗。后来，沃尔特走了进来。她已哭得肿了眼泡，但此时心情已经镇静下来。尽管心里有着无尽的愁苦，然而此刻的她却异样平静，也许只是因为疲劳过度吧。

“我以为你已经上床睡觉了。”沃尔特进门时说。

“我不困，坐着还凉快一些。你吃过饭了吗？”

“吃了，吃得很饱。”

他在狭长的屋子里走来走去，看得出有话要说，只是不好意思，开不了口。她没有理会，等着他最终下定决心，把憋在肚子里的话说出来。末了，他冷不丁说道：“我一直在思量今天下午你跟我说的话，觉得你最好离开这儿。我已经跟朱上校说过了，他会派人护送你。你可以带着女佣一块儿走，路上不会有事的。”

“哪里有我去的地方？”

“可以去你母亲那儿。”

“你觉得她会愿意看到我吗？”

他沉吟片刻，迟疑着，仿佛在斟酌，末了说道：“那你可以去香港。”

“我去那儿做什么呢？”

“你需要悉心的关照和看护，我认为让你留在这儿是不公平的。”

她脸上不由得闪过一丝冷笑，不仅感到一阵苦涩，也觉得他的话滑稽可笑，便瞥了他一眼，差点儿没笑出声来，说道："真不知道你为什么这么担心我的身体状况。"

他走到窗前，站在窗口望着外面的夜空，那儿繁星闪烁，万里无云。

"你怀有身孕，这里不是你待的地方。"

她看着他，只见他身穿单衣，在黑暗中成了一团白白的影子，隐隐露出不祥的兆头。但奇怪的是，她此刻毫无惧意，一点也不感到害怕。

"你坚持要我来这儿的时候，是想杀了我吗？"她突然问道。

他许久没有回答（她以为他故意装作没听见），最后才说道："起初真有此念。"

这是他第一次承认自己的意图，使得她不由打了个寒战。不过，她并不怪他，反而生出了一些钦佩和少许快意，这令她不胜惊讶。不知为什么，她忽然想到了查理·汤森德，觉得他不过是个卑鄙无耻的饭桶。

"你那么做有很大的风险。"她回答说，"你是个有良知的人，如果我死了，你恐怕会自责终生，永远也不会原谅自己。"

"是啊，你没有死，反倒越活越好了。"

"有生以来我从未感觉像现在这么好。"

她一阵冲动，真想跟他讲一讲自己的心里话。她认为他们二人身居险境，在恐怖的气氛中过活，不该把"出轨"这种荒唐事看得太重。死神近在身旁，夺人性命犹如探囊取物一般容易——这种时候还计较有人干什么窝囊事，或者"玷污身子"什么的，便实在是愚不可及了。她只想让他明白一点：她现在心里已经没有了查理，甚至都难以回忆起他的模样了，过去对他的爱已一笔勾销！就因为对汤森德已经没有了任何情感，所以她跟他在一起做的那些事情也就不足以挂齿！虽然肉体曾经委以他人，但她现在已回心转意，浪子回头金不换嘛！她真想对沃尔特说一声："听着，你我怄气怄了许久，你不觉得很傻吗？咱们不该像小孩子一样闹别扭！何不亲个嘴，重归于好？！虽然不能相亲相爱，友好相处总还是可以的呀！”

他站在那里纹丝不动，一张脸表情全无，惨白惨白的，灯光下十分吓人。她游移不定，寻思着自己如果说错了话，他一定会以这种冷酷无情的嘴脸对她。他极端敏感，对此她早已有所领教。她深知他冷漠、嘲讽的外表只是保护层，一旦感情受到伤害，心灵的大门瞬间就会关闭。一时间，她有点儿生气，觉得他很愚蠢。显然，最叫他恼恨的莫过于他的虚荣心受到了伤害——她隐约意识到这是最难愈合的伤口。真奇怪，男人对自己妻子忠不忠心竟如此计较！最初跟查理约会时，她寻思自己一定会脱胎换骨，有一个别样的人生，但现在看来她的人生依旧没有变化，若说变化她也只是比以前更健康、更有活力了。她真想撒谎，跟沃尔特说孩子是他的——这一谎言对她来说无足轻重，对他则会是极大的安慰。再说，这也不一定就是谎言。滑稽的是，她心里有一种感觉，觉得男人不该斤斤计较这样的问题。他们真是太愚蠢了，自己在繁衍后代方面所起的作用微乎其微，完全是女人十月怀胎，历经千辛万苦才一朝分娩，他们仅仅在那一刹那间出了点力，便荒谬地主张孩子也有自己的一份。真不知他们对孩子会有什么感情！凯蒂想到这里，纷乱的思绪不由转到了她肚子里的孩子身上。想到这孩子，她并不激动，也无舐犊之情，只有几分好奇。

“依我看，你该好好想一想。”沃尔特打破了长时间的沉默，说道。

“想什么？”

他稍稍侧过身子来，看起来有点儿惊讶，说道：“想想你什么时候走呀。”

“可我不想走。”

“为什么？”

“我喜欢在修道院工作，觉得自己成了有用的人。你在这儿待多久，我就愿意待多久。”

“我应该告诉你，以你目前的状况，会更加容易染上周围的各种疾病。”

“你这样谨慎，真叫人感动。”她讥讽地笑了笑说。

“你不是为了我才留下的吧？”

她沉吟了一下，心想他哪里知道她对他只有怜悯——这才是她此时最强烈、最意想不到的情感！

“不是。你不爱我，我时常觉得自己让你讨厌。”

“我想你该不会是为了几个古板的修女和一群中国的小丫头吧。”

她撇嘴一笑说：“我觉得你不该错误地判断我，不该瞧不起我，这实在有失公平。你说这话是很愚蠢的，我可没有让你这么说。”

“如果你决意留下，那就留下吧，你有这个权利。”

“很遗憾我不能给你机会展现你的宽宏大量。”她觉得很难跟他一本正经地说话，于是便以嘲讽的语气说道，“事实上你说得很对。但我留下不仅是为了那些孤儿，也是因为走投无路，世界之大竟无一处安身之地，竟无一个可投靠之人。我是生是死，没有人会在乎的。”

他皱起眉头，不过并无怒意，说道：“你我现在骑虎难下，你说是不是？”

“你是否仍有和我离婚之意？离不离我都全不在乎。”

“想必你知道，把你带到这儿来，就等于我宽容了你的过错。”

“这我并不知道。我对‘出轨’一事并未做过深入研究。离开此地后，咱们该有怎样的打算？是否继续在一起过日子？”

“哦，你不觉得以后的事可以以后再说吗？”他声音疲惫，全无一点生气。

第五十八章

凯蒂在家实在待不住，马上就回到了修道院重新工作。过了两三天，沃丁顿按以前的承诺来修道院接她去他家见他的情妇，一道喝茶叙谈（后来，凯蒂不止一次到沃丁顿家中吃饭）。这是一座正方形房屋，粉壁，建筑风格不凡（英国驻中国各地的海关为其官员建造的房子都是这般模样），餐厅和客厅里摆着古朴而结实的家具。房屋的外观既像办公场所又像旅店，里面丝毫没有家的舒适感。看得出这种房屋只不过是歇脚点，供走马灯一样来去的住客们临时居住。你绝不会想到楼上的卧室里会有人在偷情，抑或有什么浪漫事件发生。二人到了这儿，登上一段楼梯，沃丁顿打开一扇门，引凯蒂走进一个大房间。只见里面空空荡荡，粉白的墙上挂着几幅卷轴字画，摆着一张方桌和一把硬木扶手椅（桌椅都是黑檀木的，刻着繁复的雕花）。那个满族女子坐在扶手椅上，见凯蒂和沃丁顿进来便站起了身，但并未走上前迎接。

“这位就是了。”沃丁顿对凯蒂说，随后又冲着那女子说了几句中国话。

凯蒂跟她握了握手。那女子身材苗条，穿着绣花长袍，让看惯了南方人的凯蒂觉得她比自己预想的要高一些。但见她上着淡绿色丝绸衣，袖口紧紧罩住手腕，一头乌云一般的黑发梳理得极为精致，戴着满族妇女的头饰，脸上敷了粉，双颊和嘴唇涂着红红的胭脂（嘴唇涂成了猩红色），两道柳眉修成了两条细细的黑线，一双杏眼又大又黑，犹如两汪秋水。她的那张脸让人觉得就像个面具，而她本人不似活人，却如石像。她一举一动都从容、缓慢，凯蒂却觉得她有些害羞，也很好奇。沃丁顿向她介绍凯蒂时，她看着凯蒂点了点头。凯蒂留意到了她的手——那手细长细长的，色如象牙，似嫩笋一般，指甲上涂着漂亮的油彩，慵懒而优雅。凯蒂寻思自己从未见过如此可爱的手，这让人联想到许多个世纪的熏陶与教养。

她不大说话，说话则莺声燕语，就像花园里小鸟的啁啾。沃丁顿为她担任翻译，说她很高兴见到凯蒂，还问凯蒂多大了，有几个孩子。三人在方桌边的直背椅子上各自落座，一个男仆端来几碗茶，淡淡的，散发着茉莉花的香气。那满族女子请凯蒂抽烟，递给她一只绿色铁盒，里面盛着“三炮台”香烟。除了桌椅，这间屋子里就没什么家具了，只有一张大床，上面放着一只绣花枕头和两个檀木箱子。

“她整天都做些什么？”凯蒂问。

“她画画，有时候写写诗，但大部分时间都闲坐着。她有时吸鸦片，不过很有节制。幸好是这样，因为我的职责之一便是禁止买卖鸦片。”

“你吸鸦片吗？”凯蒂问。

“很少吸。说实话，我更喜欢威士忌。”

房间里依稀有股刺鼻的气味，但并不难闻，只是很特殊，有点儿异国情调。

“告诉她，就说我很遗憾，没法跟她交流——我相信我们之间有许多共同语言。”

这句话翻译成中文后，那女子很快看了凯蒂一眼，眼里含着一丝笑意。她身着漂亮的衣服坐在那儿，端庄大方，仪态雍容，浓妆艳抹的脸上神情泰然，一双眼睛冷静、自信、高深莫测。她不像肉体之身，却似画中人，高贵典雅，叫凯蒂自觉相形见绌。命运将凯蒂抛到中国，而她从未关注过这个国家，了解甚少，甚至有点儿鄙视（她周围的人莫不如此）。现在，突然之间她似乎依稀瞥见了某种遥远而神秘的东西——那东西具有浓郁的东方色彩，古老、朦胧、难以捉摸。在这个标致的尤物身上，她仿佛看见了高深的信仰和理想，与之相比，西方的信仰和理想就显得野蛮粗糙了。在这里，你会觉得恍如隔世，置身于一个异样的境界里。凯蒂有一种奇怪的感觉：这尊“石像”的仪态，那施了粉黛的脸以及那洞察秋毫的杏眼，让她觉得自己的所作所为以及自己日常的酸甜苦辣未免显得有点儿荒唐可笑。那“彩绘面具”下似乎隐藏着博大精深的历史和诸多真知灼见；那细长的嫩笋一般的手似乎握着一把解开难解之谜的钥匙。

“她整天在思考些什么？”凯蒂问。

“什么也不思考。”沃丁顿笑了笑说。

“她真是太美了。请你告诉她，就说我从来没有见过这么漂亮的手。真不知道她看上你哪一点了。”

沃丁顿带着微笑把这话翻译了过去，听了回答后说：“她说我人很好。”

“想不到一个女人爱上一个男人竟只因为他品行好。”凯蒂揶揄道。

那满族女子只笑过一次。当时凯蒂为了找些话题，便对她戴的玉镯赞不绝口，谁知那女子却将玉镯摘下来让她戴。凯蒂虽然手很小，却戴不上玉镯，手关节硬是塞不进去。满族女子被逗乐了，像小孩一样咯咯笑了起来。她对沃丁顿说了句什么，又招呼女佣过来吩咐了几句。须臾，女佣拿来了一双非常漂亮的满族人的鞋子。

“如果你能穿的话，她想把这鞋子送给你。”沃丁顿说，“你在卧室当拖鞋很不错。”

“这鞋我穿着正合适。”凯蒂说，心里很是满意。

她抬头看到沃丁顿露出一脸坏笑，便连忙问：“她穿着是不是太大了？”

“她穿着像两只小船。”

凯蒂哈哈笑起来。沃丁顿将这话头翻译过去，满族女子和女佣也笑了。

过了一会儿，凯蒂和沃丁顿一道上山去了。途中，她满脸含笑地转向他说："你可没跟我说过，你对她怀着很深的感情呦。"

"你怎么会这么想？"

"还不是从你的眼里看出来的。奇怪，男人的爱如影似幻，叫人难以琢磨。我原以为你跟其他人别无两样，现在才发现我对你是一点儿都不了解。"

走到传教士住宅时，他突然问道："你为什么想见她？"

凯蒂犹豫了一会儿，然后才回答说："我在寻找某种东西。我不清楚那究竟是什么，只知道对我十分重要，一旦找到，生活就会大有不同。那些修女或许知道谜底——跟她们在一起时，我有这种感觉——但她们不会与我分享。不知道为什么，我突发奇想，觉得如果能见到这个满族女子，便可以了解到一些情况，哪怕是零星的信息也行，思量着她要是知道，也许会告诉我的。"

"你怎么会认为她知道呢？"

凯蒂斜睨了他一眼，没有回答，反而问他道："你知道是什么吗？"

他笑着耸了耸肩膀说："是人生大道呗。为之，世人上下而求索，有的在鸦片中寻觅，有的到上帝那儿问答案，有的借酒之力寻找，有的则在风流场上叩问。但不管怎么寻找，那是一条上不沾天，下不着地的道路。"

第五十九章

凯蒂重新投入到惬意的日常工作之中。尽管清早她身体欠佳，觉得很不舒服，好在精神头很足，于是做事仍不慌不乱。修女们一个个对她格外热情，这让她很是惊奇。有的修女，以前在走廊里遇见她，只不过是点头问安，现在却百般借故来她干活儿的房间看望她，陪她说几句话，显得很贴心，还兴奋得像小孩子一样。圣约瑟修女跟她一遍遍重复说这几天自己都在想什么，说什么“我就知道你有喜”或者“对此我并不感到意外”——这些话简直都能让凯蒂的耳朵磨出茧子来。当凯蒂感到头晕时，她则说：“一点疑问都没有，这是明摆着的。”随后她跟凯蒂讲起了她嫂嫂生孩子的经历，讲得非常详细，叫凯蒂这种性情的人听了免不了会胆战心惊。她还绘声绘色地讲了她小时候家乡的环境，说她家农场的草地上有一条小溪蜿蜒流过，岸边杨树成行，枝头在微风中轻轻摇曳。在讲述的时候，她会添油加醋，加一些宗教传说进去。她坚信凯蒂这样的异教徒不可能知道天使报喜[①]的典故，有一天便跟凯蒂讲了起来。

“每次在《圣经》里读到这一节时，我就忍不住泪流满面。”她说，“不知道为什么，这一节总叫我感到一阵异样的激动。”

然后，她用法语引出了那段话（凯蒂听不懂法语，觉得这话有

① 指天使加百列奉告圣母玛利亚她将诞下圣子耶稣。

点儿冷冰冰的)：“天使进去对玛利亚说：‘恭喜，主和你同在，你是一个蒙受恩宠的女人。’”

犹如一阵轻风刮过百花盛开的果园，凯蒂怀孕的消息传遍了整个修道院。想到凯蒂怀了孩子，那些不能生育的修女们哪能不激动、不兴奋，不由心头惊喜参半。对这种事情她们虽不全懂，也略知一二（她们来自民间，不是农家女，就是渔家女)，于是便在一旁观望着凯蒂身体的变化，孩童一般的心里充满了敬畏。她们为凯蒂忧心，同时又觉得高兴，感到异常欣喜。圣约瑟修女告诉凯蒂，大家都在为其祈祷。圣马丁修女说她为凯蒂感到遗憾，因为凯蒂不是天主教徒。院长嬷嬷听了，便抢白了她几句，说即便是一个新教教徒，也照样可以成为一个好母亲；即便对一个新教教徒，上帝也照样会降福的。

见众人如此关心自己，凯蒂不由深受感动，也很开心。最叫她感到意外的是，她发现圣人一般严厉的院长嬷嬷也转变了态度，对她和蔼可亲。按说院长原来就一直对她很好，只是不太亲近，现在则嘘寒问暖，完全是一副慈母模样。只见院长声音变得温柔了，眼神里忽然多了几分快活，看凯蒂时，就好像凯蒂是个乖孩子，刚刚做了一件聪明、有趣的事。这一切既新奇又感人。凯蒂的一颗心原来犹如一片死沉沉、灰蒙蒙的大海，有时会翻起惊涛骇浪，茫茫无边的海面上完全是一幅骇人的情景，而现在就好像有一缕阳光突然射在了海面上，顿时使气氛变得活泼、友好和充满快乐。院长嬷嬷傍晚经常会来陪凯蒂坐坐。

“我可得把你招呼好，别让你累着，我的孩子。”一天她对凯蒂说道，随后还给自己找了个堂皇的理由，“否则费恩医生是绝不会原谅我的。唉，英国人真是能耐住性子——他心里明明高兴得不得了，可你一跟他说起这事儿，他就变得脸色苍白。”

说到这里，她拉起凯蒂的手，亲切地拍了拍，然后继续说道：“费恩医生说他希望你离开这儿，可你不愿意走，舍不得离开我们。你真是太好了，我亲爱的孩子，我要让你知道我们很感谢你的帮助。

但话又说回来，你恐怕也是舍不得离开他哟——这样也好，因为他需要你，有你在他身边也叫人放心。啊，你丈夫是个令人钦佩的人，没有他，我真不知该怎么办呢。”

“他能为你们尽一份力量，我感到十分高兴。”凯蒂说。

“你可得全心全意爱他，我亲爱的，他是一位圣人。”

凯蒂笑了笑，心里却在叹气。现在她只能为沃尔特做一件事，可又想不出该怎么做。她希望他能原谅她，不再是为了她，而是为了他自己——她觉得只有这样才能让他的心恢复平静。要直接求他原谅不是办法，因为他如果怀疑她这么做并非为他考虑，他那倔强的虚荣心会让他不惜一切代价加以拒绝（奇异的是，他的虚荣心现在已不再令她气恼，只是让她更为他感到难过）。现在唯有等待机会，等待事态突然出现意料不到的逆转，那时他也许会放下一片戒心。她有一种预感：他们的爱情要是能涅槃重生，便可以让他摆脱噩梦，使得他胸中的怨恨冰消雪融；不过，即便爱情能涅槃重生，他也会要犟牛脾气，拼尽全力加以抵触。

人生苦短，世界本来就灾难不断，可是人们却百般折磨自己，自寻烦恼，岂不可悲可叹？！

第六十章

虽说院长嬷嬷跟凯蒂只谈过三四次话，其中一两次仅有十分钟，但她还是给凯蒂留下了深刻的印象。她的性格就像一片乡野，初见时感觉辽阔而冷漠，但不久你就会在那高山深谷中发现几座绿树掩映的小村庄，那儿充满了欢声笑语，还有几条小溪汩汩流淌着穿过那丰茂的草地。这样旖旎的风光固然会叫你感到惊讶，甚至感到舒心，却不足以叫你感到自在，因为这儿毕竟有险恶山川，时有狂风刮过。要想跟院长嬷嬷建立亲密无间的关系比登天还难——她身上有一种非凡的气质，凯蒂觉得其他修女身上也有，甚至爱说爱笑的圣约瑟修女也不例外，但那种气质就像一道不可逾越的障碍。它让你产生好奇，使你战栗，也令你肃然起敬。她可以跟你行走在同一片大地上，也跟你一样处理日常俗事，却显然又活在一个你可望而不可即的高度上。她曾经对凯蒂说："一个修女仅仅每天向耶稣祈祷是不够的，还应该扪心自问。"

这番话包含着她对宗教的真知灼见，凯蒂觉得这是她的心声，并非特意在向一个异教徒说教。让凯蒂奇怪的是，自己对宗教信仰如此无知，因此常有负疚感，而深怀博爱之心的院长嬷嬷并不见怪，竟会听之任之。

一天傍晚，二人闲坐。白日渐短，暮色柔和，很是惬意，却也有几分伤感。院长嬷嬷看上去非常疲乏，那张悲伤的脸憔悴、苍白，漂亮的黑眼睛失去了光芒。也可能是因为累了吧，她想跟人说说心里话（她的这种心境是很少见的）。

“对我来说今天是个值得纪念的日子，我的孩子。”她沉思了许久，末了说道，“想当初，就是在这一天我终于下了决心，决定入教。在这之前，我左思右想拿不定主意，心中疑惧不已，唯恐自己俗缘未尽，入教后半途而废。在领受圣餐的那个早上，我暗暗发誓一定要将自己的心愿在天黑前告诉慈母。领受圣餐后，我祈求我主保佑我内心平静，结果似乎听见我主说：‘心无俗念，自然清净。’”

院长嬷嬷说着，便好像陷入了对往事的回忆之中。

“那天，我们的一位朋友维尔诺夫人去了卡梅尔，连个招呼也没跟亲友打，因为她知道亲友们反对她走这一步。不过，她是个寡妇，有权决定自己的行止。我的一个表姐去跟这位偷离家门的好友告别，至晚方归，心中深受触动。此时我还没跟母亲说出入教一事——我首鼠两端，既害怕对她说出实情，又希望能信守我在领受圣餐时做出的承诺。我问了表姐各种各样的问题，母亲似乎一心忙着修补坐垫，其实把我们的话全听在了耳里。我一边说着话，一边心想：既然今天要告诉母亲，就片刻也不应该耽搁。奇怪的是，当时的情景我记忆犹新，至今仍历历在目。我们围坐在桌边，圆桌上盖着红桌布，桌上有一盏灯，灯罩是绿色的。我们就着灯光飞针走线（其中包括我的两个表姐），忙着修补客厅椅子上的坐垫。那些坐垫是路易十四时代买的，自那以后就没有修补过，其破旧程度可想而知，母亲说把它们放在椅子上太丢人。我几次三番想说出心事，但话到嘴边就是开不了口。后来，母亲沉默了一会儿，突然对我说道：‘我实在无法理解你那朋友的所作所为，跟自己的亲人一句话也不说就走了，这我可不喜欢。这种做法太离谱，太没品位了。一个有良好教养的女人不该做这种让人说三道四的事。倘若你要远走高飞，非要给亲人留下巨大痛苦，但愿你可别像她一样偷偷溜走，就如做了什么亏心事似的。’

“此刻正是说出实情的时候，可我偏偏那么懦弱，只说了句：‘哦，你尽管放心吧，妈妈，我才没那个胆量呢。’

“母亲没吱声，我却十分懊悔，只恨自己懦弱，不敢吐露真情。当时，我耳边似乎响起了我主对圣彼得说的话：‘彼得，你到底爱我不爱？’唉，我真是恨自己懦弱不敢吐露真情，恨自己辜负了主恩！实际上，我仍有些贪恋舒适的世俗生活，贪恋天伦之乐以及逍遥自在的时光。一时间，我苦苦思索，苦苦挣扎。过了一会儿，就像紧接刚才的话头似的，母亲对我说：‘尽管如此，我的奥黛特，我觉得你非得做出什么事情来，否则你不会甘心的。’

“我焦虑万分，沉思着，踌躇着，一颗心怦怦直跳，两个表姐却全然不知，只是默默地干着活儿。突然间，母亲放下手里的坐垫，不动睛地看着我说：‘唉，我亲爱的孩子，我敢肯定你到头来非得去当修女不可。’

“‘你这话可是当真，我的好母亲？’我回答说，‘你真是一语道破了我内心深处的念头和渴望。’

“‘正是这样[1]，’两个表姐不等我把话说完，便嚷了起来，‘这两年来，奥黛特一心想着这件事情。但你不会准许她的，我的姨妈[2]，你可千万别准许她。’

“‘我亲爱的孩子们，如果这是上帝的旨意，我有什么权力不准许呢？’母亲说。

“表姐们想让气氛快活一些，于是便假意问我打算怎么处置我的那些小物件，还为哪件东西该归谁争执了起来，吵吵嚷嚷的。但这种快乐场面片刻就结束了，接下来我们就潸然泪下，哭作一团，直至听见家父上楼的脚步声。”

院长嬷嬷停顿了一会儿，叹了口气，又说了下去：“这让父亲很难接受。我是他的独女，男人对女儿的感情往往比对儿子更深。”

“跟心爱的孩子分离真是极大的不幸。”凯蒂微笑着说。

“但将这个孩子奉献给耶稣基督关照，便是天大的幸事了。”

---

① 原文是法语：Mais oui。

② 原文是法语：ma tante。

就在这时，一个小女孩朝院长嬷嬷走了过来——她不知哪儿弄来一件古怪的玩具，急忙拿过来让院长嬷嬷看。院长把她美丽纤细的手搭在孩子的肩膀上，孩子则偎在了她的怀里。凯蒂看见院长绽出了灿烂的笑容，那笑容甜蜜、超凡脱俗，心里不由大为感动。

“看到所有孤儿都这样爱你，真是太美妙了，院长嬷嬷。”她说，“我想，如果我能让别人如此敬爱，一定会非常自豪的。”

院长嬷嬷又笑了笑，笑容淡漠，但仍很灿烂，说道：“如欲赢得他人之爱心，唯有洁身自好，值得别人去爱。”

第六十一章

这天晚上沃尔特没有回来吃晚饭。凯蒂等了他一会儿，因为每次在城里耽搁了，他都会设法给她捎个口信。最后等不来，她只得独自用餐。尽管瘟疫流行，供应不便，中国厨子还是出于礼仪做了好几道菜端到了她面前，但她只是敷衍了事，随便吃了几口。饭后，她来到敞开的窗边，歪在那把长条藤椅上，抬头观望那美丽的星夜之空。周围寂静无声，她感到心里也一片静谧。

她不想看书，只顾浮想联翩——那缥缈的思绪犹如一朵朵白云，在静静的湖面上留下了道道倒影。那白云她想抓也抓不着，只好任其飘来飘去，自己则跟着胡思乱想。她隐约觉得自己虽然经常跟修女们促膝交谈，所受的影响却有限。奇怪的是，虽然她们救死扶伤的精神深深感动了她，但她们的信仰却没有打动她的心。她感到自己任何时候都不可能皈依那炽烈的信仰。想到这里，她轻轻叹了一口气，觉得如果那伟大的光芒能照进她的灵魂，所有的问题就会迎刃而解了。有一两次她真想把自己的不幸原原本本告诉院长嬷嬷，但是却不敢——她无法忍受这个一丝不苟的女人把她往坏里想。对院长嬷嬷来说，她做的事情自然是无法原谅的罪孽。奇怪的是，她本人并不将其视为罪孽，觉得自己只不过是做了件蠢事，做了件丢人的事罢了。

也许是感觉迟钝，她仅仅将自己跟汤森德的交往看成一件憾事，甚至是一件可怕的事，但忘了就好，谈不上什么罪不容恕。这就像在朋友聚会时出了洋相，后悔不及，的确让人懊丧，但把这事儿看得太重就不合常理了。想到查理，想到他那穿着华贵衣服的庞大身躯，那肉下巴，那挺着胸膛的站姿（这样站可以稍稍掩饰他的将军肚），那布满毛细血管的红脸（这样的脸显露出他旺盛的性欲），她就恶心得浑身打哆嗦。他的两道浓眉曾经叫她倾心，现在想起来却令她作呕，觉得像是动物的毛发。

将来会怎么样呢？很奇怪，她对未来感觉淡漠，一是因为她看不到一点儿将来的影子，二是她觉得自己可能会死于分娩。她妹妹多丽丝身体比她强壮多了，还是在分娩时差点儿去世（多丽丝不辱使命，为准男爵生下了一个继承人。凯蒂想到母亲心满意足的样子，不禁微微一笑）。既然未来模糊不清，或许意味着她注定看不到了。如果她生的孩子能活下来，沃尔特可能会交由她的母亲照料。她很了解他，坚信不管孩子是谁的骨血，他一定会善待的。沃尔特可信可托，不论遇到任何情况，都会有令人钦佩的举止。遗憾的是，他尽管品格高尚、慷慨无私、令人敬重、聪慧灵敏、深明大义，却叫她爱不起来。她现在已经一点也不怕他了，只为他感到惋惜，同时又不禁觉得他有点儿荒唐可笑。他爱一个人就会爱得很深，这就成了他的一个短板。她觉得自己将来总有办法利用他的这个短板，使得他原谅她。解铃还须系铃人！她心中仅存一念：自己必须想办法使他摆脱她给他造成的痛苦，让他获得心境的安宁。只可惜他太缺乏幽默感，否则总有一天他会跟她一道为他俩互相折磨而捧腹大笑的。

想着想着，她感到困乏了，便端起灯回到卧室解衣上床，很快就睡着了。

第六十二章

她正睡着，却被一阵响亮的敲门声惊醒。一开始，那声音跟她的梦境交织在一起，所以她并不觉得这是在现实中。后来由于敲门声一直不停，她才意识到有人在敲院子的大门。屋子里漆黑一团，幸好她的手表指针带有磷光，可以看见是深夜两点半。一定是沃尔特回来了……怎么回来得这么晚？仆人怎么不去开门？敲门声仍在继续，且一阵紧似一阵，在这夜深人静的时刻听上去怪吓人的。最后敲门声停了，她听见沉重的门闩被拉开了。沃尔特从来没有这么晚回来过。可怜的人，肯定累坏了！但愿他直接上床睡觉，别像往常那样去他的实验室工作了。

外面有几个人在说话，还有人进了院子。这就奇怪了，沃尔特每次回来晚了都生怕弄出动静来，为的是不打搅她。有两三个人匆匆跑上木头台阶，进了隔壁房间。凯蒂有些害怕，因为她一直心存隐忧，怕发生排外的骚乱。莫非真的出事了？她顿时心跳加快。还没等她弄清到底是怎么回事，就有人穿过厅堂来敲她卧室的门。

“费恩夫人。”

她听出是沃丁顿的声音，便答应道：“我在，出什么事啦？”

“能否请你赶快起来？我有话跟你说。”

她连忙起身穿上一件晨衣，取掉门闩，开了房门，发现沃丁顿下穿一条中式长裤、上穿一件丝绸衣衫站在那儿，看门的仆人提着马灯站在他身旁，后面是三个穿卡其布军服的中国军人。沃丁顿神色惊惶，蓬着一头乱发，像是刚从床上爬起来，她看了一惊，倒吸了一口冷气，问道:“这是怎么回事？”

“你必须保持冷静。现在没时间耽搁了，赶紧穿上衣服跟我走。”

“可到底怎么了？是城里出什么事了吗？”

他身后的士兵让她一下子想到了暴乱，她以为他们是来保护她的。

“你丈夫病倒了，我们想让你马上去看。”

“沃尔特病了？”她惊叫了一声。

“你先别着急，我也不清楚具体情况。朱上校派这位军官来叫我，让我立刻带你去衙门那里。”

凯蒂呆呆地看了他一会儿，突然感到心里发冷，随后转过身去说:“我两分钟就准备好。”

“我都没来得及穿戴整齐，”他说，“正睡着就被叫醒了，随便披了件衣服，穿了双鞋就来了。”

凯蒂没听他在说什么，借着星光只顾穿衣服了，摸到什么就穿什么。她手指突然变得笨拙起来，半天才摸到衣服上的小扣子扣上，又把那条晚上常披的广东围巾披在肩上。

“我没戴帽子。不用戴了吧？”

“不用戴。”

仆人提着灯走在前面，几个人匆忙下了台阶，走出了院门。

“小心点，别摔倒了。”沃丁顿说，“你最好抓住我的胳膊。”

几个士兵紧跟在他们身后。

“朱上校派来了滑竿，在河对岸等着呢。”

他们快步向山下走去。凯蒂有心问上一句，但嘴唇哆哆嗦嗦，话到了嘴边却问不出口——她心中疑惧，唯恐听到那不祥的回答。到了岸边，一条舢板在等着他们，船头那里有一线光亮。

“是不是霍乱？”这时她才开口问道。

“恐怕是的。”

她惊叫了一声，连忙又收了声。

“我认为你应该尽快赶去看看。”

他把手伸给她，扶着她上了船。航程很短，河水流得缓慢，几乎凝滞不动。他们挤在舢板的前首，一个女人后背上绑着一个孩子，荡着桨把舢板向对岸划去。

“他是下午病倒的，现在应该说是昨天下午。”沃丁顿说。

“为什么不马上派人来叫我？”

虽然没必要压低声音，但他们说话仍悄声低语。黑暗之中，凯蒂能感觉出她的这位同伴又愁又急。

“朱上校想派人来叫，你丈夫却不肯。这段时间，朱上校一直守在他身边。”

“再怎么样也应该派人来叫我呀。他那样做真是太不近人情了。”

“你丈夫知道你从未见过得了霍乱的人，深知那种情形实在既可怕又让人恶心，所以不想让你看见。”

“他毕竟是我丈夫呀。”她声音哽咽地说。

沃丁顿没有答话。

“现在为什么就让我来了？”

沃丁顿把手放在她的胳膊上说：“亲爱的，你必须勇敢些，必须做最坏的打算。”

她痛苦地呜咽一声，注意到那三个中国军人在看她，瞥见他们翻着白眼，眼神古怪，便侧过了身去，问道：“他是不是快死了？”

“朱上校让这位军官来接我，说他病了，我只知道这些。据我判断，他已危在旦夕。”

“一点希望都没有了吗？”

“我非常难过，只怕不赶快到那里去，咱们就见不上他最后一面了。”

她浑身一阵战栗，眼泪似断了线的珍珠直朝下滚。

“你知道，他工作过度劳累，又没有任何抵抗力。”

她一生气，甩开了他搭在她胳膊上的手——他说话的声音低沉、痛苦，不知怎么惹恼了她。

到了对岸，两个站在河边的中国苦力扶着她上了岸。几乘滑竿等在那里，她上了其中的一乘。沃丁顿对她说：“别慌，沉住气，你可一定要控制好情绪。”

“让轿夫路上走快点。”

“已经吩咐过了，叫他们能走多快就走多快。”

那个军官也坐上了滑竿，从旁边经过时朝凯蒂的轿夫喊了一声，让他们出发。轿夫们立刻抬起了滑竿，把肩头的竹竿调整了一下，便大步流星地上了路。沃丁顿紧跟在后面。他们一路小跑奔上山，每乘滑竿前都有一个人打着灯笼引路。到了水闸跟前，只见看闸人举着火把站在那儿。他们来到近前，军官朝看闸人喊了一声，那人便推开一扇大门让他们通过。滑竿经过时，看闸人发出了一声喊，似是嗟叹，轿夫们也叹息不已。夜色深沉，一片死寂，即便有人声，也是叽里咕噜的陌生语言，颇具神秘色彩，令凯蒂听了害怕。他们迤逦而行，走进一条又湿又滑的鹅卵石小巷时，军官的一个轿夫跌了一跤。凯蒂听见军官气呼呼地高声叫骂起来，那轿夫提高嗓门顶撞了一句。随后，滑竿又继续前行，急急如鬼吹火一般。

城里夜深人静，宛若一座鬼城，街道弯弯曲曲，非常狭窄。一行人走进一条窄巷，转过一个拐角，跑上一段台阶，轿夫们喘作一团，但他们仍迈着大步向前疾行，一声也不吭。其中的一个拿出一块破破烂烂的手帕，边走边擦去从额头流进眼睛里的汗水。他们东拐西转，就像行走在迷宫里。家家店铺都关门闭户，偶尔会瞥见在某家店铺的门前躺着个人，却不知他是会在黎明时醒来，抑或长眠不醒。这儿的街道空旷寂寥，阴森可怖。突然间，一只狗狂吠起来，吓得神经紧绷的凯蒂猛地一惊，感到一阵恐惧。她弄不清他们在往何处去，只觉得路途好像没有尽头。她希望轿夫能走快一点，再快一点，心知稍微迟一些就会来不及的。

第六十三章

他们沿着一道光秃秃的墙壁走，突然间来到了一扇大门前面，两侧各有一座岗亭把守。轿夫们放下滑竿，沃丁顿匆匆朝凯蒂这边走来，而她已经跳下了滑竿。那位军官把门擂得山响，大喊开门。一扇边门开了，他们走进了一个很大的四方院落，只见屋檐下靠墙蜷缩着几个士兵，身上裹着毯子，几个人挤在一起。他们停下脚步，军官去跟一个看似站岗的军士说话，然后转过身跟沃丁顿说了句什么。沃丁顿低声对凯蒂说："他还活着。你走路当心点。"

随后，由几个打灯笼的人引路，他们穿过院子，登上几级台阶，通过一扇大门又进入了另一个大院子。院子的一侧是一个狭长的厢房，里面点着灯，灯光照在糊在窗户上的宣纸上，衬托出窗格的图案，看得出那图案十分精美。挑灯人引他们穿过院子来到屋前。军官敲了敲门，门立刻开了。军官望了凯蒂一眼，向后退了退。

"你进去吧。"沃丁顿说。

这间屋子又长又矮，点着几盏煤油灯，灯光幽暗，气氛阴森可怕。三四个勤务兵站在屋里，正对着门的墙边放着一张小床，有个人蜷缩着躺在上面，身上盖着毯子。一位军官一动不动地站在床脚。

凯蒂慌忙上前，朝小床俯下身去。沃尔特躺在那儿，双目紧闭，在暗淡的光线下看上去面如死灰，身子纹丝不动，样子十分可怕。

"沃尔特，沃尔特！"她倒吸一口冷气，惊恐万分，低声叫道。

那身子微微一动，或者只不过是叫人觉得动了动，轻微极了，犹如一丝微风，你看不见摸不着，却在瞬间吹皱了平静的水面。

“沃尔特，沃尔特，跟我说话。”

那双眼睛慢慢睁开，好像费了极大的气力才抬起了沉重的眼皮。不过，他谁也不看，而是盯着离他的脸几寸远的墙壁，启口说道（他的声音又低又弱，里头含着一丝嘲笑之意）：“真是天意呀。”

凯蒂听着，大气都不敢喘。他也没有再出声，也没有再动，只是瞪着一双冷漠的黑眼睛看那粉壁，好像在那儿看到了什么秘密似的。凯蒂直起身子，用憔悴的目光看了看站在身旁的军人，说道：“肯定还能想想办法呀。你们不能就这么站在这里什么也不做吧？”

她说话时急得直搓手。沃丁顿跟站在床脚的那个军官说了几句话，然后对她说：“他们能想的办法恐怕都想尽了。团里的军医负责给他治疗，而军医受过你丈夫的专门培训，所以你丈夫的治疗方法他都掌握。”

“这位就是军医吗？”

“不，这位是朱上校，他始终都没离开过你丈夫身边。”

凯蒂六神无主，匆匆瞥了那人一眼，只见他身材魁梧，穿着卡其布军服，似乎心里很不平静，一双眼睛正在盯着沃尔特。她看出他的眼里含着泪水，不由心如刀扎，不明白这个黄皮肤、扁平脸的人为什么要洒泪——这叫她有点儿气愤。

“就这么撒手不管，未免太令人心寒了。”

“至少他不会再有痛苦了。”沃丁顿说。

她再次朝她丈夫俯下身去，见那双死人般的眼睛依然目光呆滞，茫然地望着前方。她不知他是否看见了他们，是否听见了他们说的话，便把嘴贴近他的耳朵问：“沃尔特，我们还能做点什么？”

眼见他的生命在一点点逝去，她总觉得应该有什么药能够挽救他的生命。此时，她的眼睛已经适应了那昏暗的光线，惊恐地发现他脸颊凹陷，几乎已无法辨认，想不到短短几个小时他竟像变成另外一个人，看上去三分像人七分像鬼。她觉得他挣扎着要说话，便把耳朵凑向前去。

“不必为我操心。我曾经心里很不平静，现在已经全好了。”

凯蒂等着他再说些什么，但他不再作声，只是纹丝不动地躺在那儿。那情状叫她揪心，也有点儿害怕，不明白他怎么能如此无动于衷，似乎已经准备好进入坟墓，进入那寂静无声的冥府。这时，一个人走上前来，不知是军医还是入殓师。那人朝气若游丝的沃尔特俯下身，用一条脏布湿润他的嘴唇。凯蒂再次直起身子，绝望地转向沃丁顿低声问：“真的一点儿希望都没有了吗？”

沃丁顿无奈地摇了摇头。

“他还能活多久？”

“谁也说不准，也许一个小时吧。”

凯蒂环顾了一下空荡荡的房间，目光在魁梧的朱上校的身上停留了片刻，然后问沃丁顿：“能让我单独跟他待一会儿吗？只一小会儿。”

“如果你想的话，当然可以。”

沃丁顿说完便过去把这事儿对朱上校讲了。上校微微躬了躬身子，接着便低声吩咐众人出去。沃丁顿也跟着出去，对凯蒂说道：“我们在台阶那儿等着，有需要就喊一声。”

眼前的现实简直叫人无法相信，使得她无法自已，只觉得浑身麻木，就像有麻醉药沿着脉管流遍了全身。她意识到沃尔特已不久于人世，于是万分悲痛，心里只剩下了一个念头，那就是消除他的积怨，让他走得轻松些。此刻，她全然不为自己考虑，只想着解除他的痛苦，觉得如果他能够跟她和解，便可以怀着一颗平静的心安然离去。

“沃尔特，我恳求你原谅我。”她俯下身子对他说，同时留意着不让自己碰到他，怕的是他的身体承受不了任何压力，“我为自己对你犯下的过错深感抱歉，这让我痛悔不已。”

他没说什么，好像根本没有听见。她只得继续说下去，心里有种奇怪的感觉，觉得他即将升天的灵魂就像是一只扑闪着翅膀的飞蛾，而那翅膀沉甸甸的，似注满了仇恨。

“宝贝儿。”

她的这一声呼唤让他的面部起了变化——一片阴影略过了他那惨白、凹陷的脸。那张脸似动非动，很像是抽搐，一种可怕的抽搐。以前她从未这么叫过他，也许让他那正在死亡的大脑感到困惑，感到难以理解——平时她倒是常用这种称呼，但只是用以称呼小狗、小孩或者汽车什么的。接着，一种令人心碎的现象出现了——两行热泪顺着他那枯槁的面颊慢慢滚了下来。她见了心如刀绞，两手紧紧攥在一起，拼命控制住自己的情绪，说道：“啊，我的宝贝儿，我亲爱的，如果你曾爱过我（我知道你爱我，怪只怪我自己太可恶），我恳求你原谅我。现在我后悔不及，只恨自己已无机会向你悔罪。万望你发慈悲之心，原谅我的过错。”

她停了下来，看着他，屏息凝神，急切地等着他回答。她看出他要开口说话，不由一颗心怦怦乱跳，如打鼓一般。在她看来，在这最后的时刻如果能让他消除积怨，减轻内心的痛苦，对她而言也是一种解脱。他嘴唇动了动，眼睛却没有看她，只是目光空洞地望着那堵粉壁。她俯下身子去听，生怕听不清，而他则声音清晰地说道：“死了的是那条狗。”

她愣住了，一动不动，像是变成了石人。她一头雾水，不明白他是什么意思，觉得他的话毫无意义，可能是在说胡话，于是便呆呆地看着他，目光惊恐、困惑，怀疑她说的话他一个字也没有听进去。他纹丝不动，似僵尸一般，然而还活着，简直匪夷所思！她见他只顾发呆，眼睛虽然睁着，却不知是否还有气。她开始害怕起来，悄声叫道：“沃尔特，沃尔特。”

最后，她突然感到一阵恐惧，便站起来，转身走到门口说：“请你们过来，好吗？他好像不行了……”

门外的人一拥而入。那位中国军医走到床前，把手里拿着的一支手电筒打亮，查看了一下沃尔特的眼睛，然后将它们合上，用中国话说了句什么。沃丁顿听了便用胳膊搂住凯蒂说：“他恐怕已经归天了。”

凯蒂深深叹了口气，几滴泪水从她的眼里滚了出来。她与其说是感到悲伤，倒不如说是感到茫然。那几个中国人也不知所措地围着床铺站在那儿，好像都不知道下一步该怎么办了。沃丁顿一声不吭。过了一会儿，那几个中国人开始互相低声说起话来。

“最好让我把你送回住宅吧。”沃丁顿说，“他们会把他抬到那儿的。”

凯蒂有气无力地用手捋了捋额前的头发，走到小床跟前俯下身去，轻轻吻了吻沃尔特的嘴唇，收住泪水说：“我很难过，叫你受了这么多的委屈。”

几个军官在她走出去的时候向她敬礼，她也庄重地回鞠一躬。随后，他们按原路穿过院子出了大门，坐上了滑竿。她看到沃丁顿点着了一支香烟，见一缕烟雾消失在了空中，觉得那是她丈夫的生命消失了。

第六十四章

此时天已破晓，随处可见中国人卸去店铺的门板准备营业。在一个黑暗的角落里，一个女人在烛光下洗手、洗脸。街道拐角处的一家茶馆里坐着几个人在吃早茶。晨光灰蒙蒙、冷冰冰，像做贼一样偷偷溜进了一条条偏街小巷。河面上罩着一层惨白的迷雾，密匝匝的帆船桅杆隐现其中，犹如幽灵大军的长矛。过河的时候寒意袭人，凯蒂将那条色彩鲜艳的围巾紧紧裹在身上。他们上岸后爬上山坡，把那片迷雾踩在了脚下，但见旭日东升，空中万里无云。那光芒灿烂如初，跟往日别无二致，仿佛什么事情也没有发生过似的。

二人回到宅子里，沃丁顿问：“你需不需要躺下休息一会儿？”

“不了，我在窗边坐一会儿吧。”

在过去的这漫长的若干个星期里，她常坐在窗边瞭望，看那宏伟的城墙以及那仙境一般、绚丽多彩、美丽而又神秘的庙宇，已经习惯了那旖旎的景色——一看到那景色，她就感到心情宁静。那景色如海市蜃楼，令人遐想不已，即便在正午的阳光下看它，也会叫她乐而忘忧。

“我让仆人给你沏点儿茶。恐怕今天上午就要安葬，我会安排好一切的。”

“谢谢你。”

第六十五章

沃尔特在三个小时后就被埋掉了。他被放进了一口中国棺材里。凯蒂感到不安，觉得这就像让他躺在一张古怪的床上睡觉，怎能睡得安稳，可又苦于没有别的办法。修女们对城里的疫情了如指掌，知道沃尔特已经不治而亡，便派人送来一个大丽花做成的十字架，样子生硬、古板，不过好像是出自一位熟练的花匠之手。这十字架孤零零摆在中国棺材上，显得怪诞，十分不相称。一切准备停当，只等着朱上校了——他派人捎信给沃丁顿，说他希望能参加葬礼。最后，他在一位副官的陪同下走来。随即，众人爬上山去，由六个苦力抬着棺材，来到了一小块空地，这里葬着那位传教士（沃尔特接替的正是此人的位置）。沃丁顿在传教士的遗物中找来一本英文祈祷书，用低沉的声音读了安葬词，神情非常窘迫（他很少出现这种情况）。也许，在诵读这庄严而又骇人的安葬词时，他心里在翻江倒海般想个不停：待他成为瘟疫的牺牲品，恐怕没人会为他念这安葬词了。棺材放进墓穴后，几个掘墓人开始填土。

朱上校一直光着脑袋站在墓坑边，这时才戴上帽子，庄重地朝凯蒂敬了个礼，对沃丁顿说了一两句话，便带着他的副官离开了。苦力们怀着好奇心看了一场基督教徒的葬礼，在跟前徘徊了一阵，然后就手里拖着抬棺材用的杠子三三两两走掉了。凯蒂和沃丁顿等墓坑填好，便将修女们送的古板的大丽花十字架摆在了散发着新鲜泥土气息的坟头上。凯蒂没有流泪，但第一铲土撒在棺材上时，却猝然感到一阵心痛。

她见沃丁顿在等着她一起返回，便说道："你着急走吗？我现在还不想回宅子里。"

"我什么事也没有，完全听你吩咐。"

第六十六章

他们沿着田埂漫步攀上山顶，此处立着那座为纪念某个贞洁寡妇所建的牌楼——这座牌楼给凯蒂留下了很深的印象。她觉得那是一种象征物，却不知象征着什么，也说不清为什么里面包含着一种讽刺挖苦的意味。

“咱们坐一会儿好吗？好久都没在这儿坐过了。”她望着那一望无际的广袤平原，但见那平原在朝阳下显得那般宁静，不由这般说道，“我来这儿不过几个星期，却好像已过了一辈子。”

他没有答话。她也没再吱声，任由自己的思绪似脱缰的野马奔驰开去，过了一会儿才长叹一声，问道：“你认为灵魂不灭吗？”

他对这一问似乎并不感到意外，只是信口说道：“我怎么知道呢？”

“刚才，他们在沃尔特入殓前给他擦洗身子，我看了看他，觉得他看起来非常年轻，简直死得太年轻了。你还记得第一次带我散步时咱们见到的那个乞丐吗？当时我吓坏了，不是因为他死了，而是因为他看上去好像不是人类，仅仅是只死去的动物。沃尔特也给人类似的感觉，看上去就像一台报废的机器。正是这一点叫人疑惧。既然只是一台机器，岂不枉遭了那许多痛苦、煎熬和折磨。”

他没有作答，而是只顾放眼瞭望山脚下的景色——在灿烂的朝阳照耀下，那辽阔的平原着实令人心旷神怡。但见一片片稻田贝联珠贯，整整齐齐，一眼望不到边，处处可见身着蓝布衫的农民赶着牛在田间劳作。好一派宁静、祥和的景象！凯蒂打破了沉默说：“我简直无法告诉你，在修道院的所见所闻让我有多么感动。那些修女个个都是好样的，叫我自惭形秽，无地自容。她们舍弃了一切，舍弃了自己的家庭、祖国、爱情、孩子、自由，还有那些有时我觉得更难以割舍的细小事物，如鲜花、绿野、秋日散步、书籍、音乐以及舒适的生活。这一切的一切，她们全都舍弃于身后，自我牺牲，献身于大义，振穷恤寡，为崇高信念孜孜不倦地奋斗。她们视俗世为流放苦役之地，心甘情愿背负十字架一路前行，心中始终怀着一个愿望（啊，那何止是愿望，简直就是一种伟大、宏远、炽热如烈火的理想），那就是归天，获得永生。”

凯蒂两手紧紧攥在一起，看着他，神情凄苦。

“哦？”

“要是归天后没有永生呢？要是一死便一了百了，如灯熄灭了一般呢？她们岂不是上当受骗，被人玩弄一场，枉自舍弃了人世间的一切？”

沃丁顿沉吟片刻，然后说道：“依我看，她们追求的是否是幻境并不重要，重要的是她们追求理想本身是很美好的。我有一种观点：咱们所生活的这个世界十分丑恶，令人厌恶，唯有人类创造的美叫人称道，其中包括他们绘的画，谱的乐曲，写的书，还有他们的生活。这里面，最丰富多彩、最美好的莫过于生活本身——它简直就是一件玲珑剔透的艺术品。”

凯蒂叹了口气，觉得他的话叫人难以捉摸，不足以释疑。

“你听过交响音乐会吗？”他又开口说道。

“听过，”凯蒂笑了笑说，“我对音乐一无所知，但相当喜欢。”

“乐队的每个成员都自顾自演奏一件乐器，你可别以为他们有全局观念，在乎什么‘交响’不‘交响’——他们是自扫门前雪，只在乎各自的一小部分乐谱。不过，他们深知交响乐之美，即便无人听，也不失为天籁之音，于是演奏时无不陶醉。”

“有一天你谈起了‘道’，”凯蒂略作思忖，说道，“愿闻其详。”

沃丁顿看了看她，迟疑片刻，一张滑稽的脸淡然一笑，回答说：“所谓‘道’即万物运行之轨迹。此道属万古不灭之道，所有生灵皆行于此，却又不为其所筑，而是天然生成。此道若是若非，什么都是，又什么都不是，万物皆由此道所生，与此道相符，末了终归于此。它似方形却无四角，是声音却耳不能闻，似有形却又无形。它是一张巨大的网，网眼阔如海洋，却涓滴不漏。它是万物的避难所，平时无踪无影，欲寻时却全不费功夫。它要人学会欲无所欲，让一切顺其自然。谦卑者尽得保全，屈身者终将直立。正所谓：祸兮，福之所倚；福兮，祸之所伏——人的命天注定。‘柔弱胜刚强’——以‘柔弱’为本者心境平和，一如童稚。以‘柔弱’为武器，攻可胜，守可安。战胜自己则无敌于天下。”

“此论果有道理吗？”

“有的时候三杯酒落肚，仰脸看星象，我觉得果然有道理。”

两人陷入了沉默，最后还是由凯蒂打破了这沉默，说道：“请问，‘死了的是那条狗’这句话是否有什么出处？”

沃丁顿嘴角现出一丝笑意，似乎准备回答，但可能由于此刻多了个心眼，迟迟没有开口。凯蒂没有看他，但表情有点儿异样，使得他改变了主意。他没有说出心里的答案，却谨慎地支吾道：“就算有，我也不知道它出自何处。为什么问这个？”

“没什么，只是脑子里突然想起，觉得好像在哪儿听到过。”

又是一阵沉默。

须臾，只听沃丁顿说道：“你单独跟你丈夫在一起的时候，我跟团里那个军医叙谈，觉得应该了解一些详细情况。”

“哦？”

“他当时情绪激动，近乎歇斯底里，说的话叫我听不大明白。我只弄清了一点：你丈夫是在做实验的过程中受感染的。”

“他一直在做实验。他其实并非正规的医生，而是细菌学家，因此才急于到这儿来。”

“不过从军医的叙述里我无法弄清他是意外受到感染还是在拿自己做实验时受到了感染。”

凯蒂一听，惊得脸色煞白，浑身哆嗦。沃丁顿抓起她的手温和地说：“原谅我又提起这事儿。我只是想说点儿安慰你的话……我知道这种时候说些没用的话叫人心烦……我觉得有一点应该让你心安：沃尔特是烈士，是一个献身于科学、忠于职守的烈士。”

凯蒂耸耸肩，显得有点儿不耐烦，说道：“沃尔特是因为心碎而死的。”

沃丁顿没有吱声。她慢慢转过身来望着他，脸色苍白，神情木然，问道：“他说‘死了的是那条狗’是什么意思？出自何处？”

“那是戈德史密斯《挽歌》[①]里的最后一行诗。”

① 诗的大意是：一个好心人领养了一条狗，起初人和狗相处融洽，但是有一天二者结下怨仇，狗发了疯将人咬伤。大家都预料被咬的人将会死去，但是人活了过来，最终死去的却是狗。

第六十七章

次日晨，凯蒂来到修道院，开门的女孩看见她，似乎有点儿意外。凯蒂刚忙活了几分钟，院长嬷嬷就进了屋，走到她面前，握住她的手说：“我很高兴看见你，我亲爱的孩子。你表现得很勇敢，刚经历了那么大的磨难就回到了这儿。你是个理智的人，有点儿活儿干，就不会想伤心的事了。”

凯蒂急忙垂下了眼睛，面皮发红，不想让院长嬷嬷看穿她的心思。

“不用我说你也知道，大家都对你深表同情。”

“你们真好。”凯蒂低声说。

“我们大家都在为你，以及为你亡夫的灵魂祈祷。”

凯蒂没说什么。院长嬷嬷放开她的手，用冷静、权威的语气向她分配了几样任务，在两三个孩子的头上拍了拍，冲他们淡然却又温馨地一笑，就去忙要紧的事了。

第六十八章

一个星期过去了。一日，凯蒂正在做针线活儿，院长嬷嬷走进屋子，在她旁边坐下，仔细看了看她的针脚，说道："你做得一手好针线，我亲爱的。如今，像你这种人家的年轻女子很少有人具备这种才艺。"

"这得感谢我的母亲。"

"我相信你的母亲再见到你，一定会非常高兴的。"

凯蒂抬起头看看院长嬷嬷，觉得她话中有话，绝非仅仅随口说句客气话。接着便听嬷嬷又说道："尊夫病亡后，我之所以允许你回来工作，是因为我认为做点事情有助于你不再想伤心的事。当时我觉得你不适合长途跋涉只身回香港，也不愿意让你一个人待在家里无事可做，沉湎于丧亲之痛。但现在已经过去了八天，是你该回去的时候了。"

"我不想走，嬷嬷。我想留在这儿。"

"留在这儿已经没什么意义了。你来这儿是为了陪伴尊夫，而今斯人已去，留下无益。你身怀六甲，急需要人照料，此处却无法提供这样的条件。我亲爱的孩子，上帝将一个小生命托付给你，你有责任尽一切力量不负使命。"

凯蒂沉默了片刻，低头不语，末了说道："我觉得我在这里必有用处——此念让我心里充满了喜悦。我原希望你能让我继续做我的工作，直到这场瘟疫结束。”

“我们都非常感激你为我们提供的帮助。”院长嬷嬷微微一笑说，“不过，现在疫情已出现拐点，险情已减弱，我们有两个姐妹正从广东赶来，不日就到。她们一来，恐怕就不需要你再帮忙了。”

凯蒂的心往下一沉。院长嬷嬷的口气不容争辩。她非常了解嬷嬷，知道乞求非理智之举。为了说服她，嬷嬷语气强硬，即使其中不含许多怒意，至少也有八分专横，说不定真会发怒。

“沃丁顿先生出于好心，征询过我的意见。”

“希望他别操这份闲心。”凯蒂打断她的话说。

“即使他不征询，我也一样觉得有责任向他提出我的建议。”院长嬷嬷温和地说，“现在你不能待在这儿，而该跟你的母亲在一起。沃丁顿先生已经和朱上校做了安排，指派得力的人护送，保证你一路平安。轿夫和脚夫他已安排停当，女佣也跟你同行，沿途所经县市可以通行无阻。事实上，万事俱备，只待你启程了。”

凯蒂不悦，双唇紧闭，觉得这是关于她去留的事情，至少应该跟她商量一下才对。她虽不高兴，但还是克制住了自己的情绪，免得说出言辞激烈的话。须臾，她启口问：“要我什么时候动身？”

院长嬷嬷仍平静如初，答道：“越快越好。先返回香港，再乘船去英国。我亲爱的孩子，我们认为你最好在后天天亮时动身。”

“这么快。”凯蒂欲哭无泪，也感到无奈，自知此处已不是她的安身之地，于是凄楚地说，“你们好像都急着撵我走。”

凯蒂能感觉到院长嬷嬷如释重负，态度有所变化——院长嬷嬷见她有顺从之意，语气也变得更为亲切了。凯蒂眼尖，看得出她态度有了转变，不由眼睛珠一转，暗自思忖：看来就连圣人也喜怒无常啊。

“别以为我领会不了你的善意，我亲爱的孩子。我深知你心怀大爱，自愿承担救死扶伤的责任，而今难以割舍。”

凯蒂直视前方，微微耸了一下肩膀。她自知并无如此崇高的美德——她之所以想留下只是因为没有别的地方可去。她有一种奇怪的感觉，觉得这个世界上无一人在乎她的死活。

“你不情愿回国，真是叫人百思不得其解。”院长嬷嬷继续以和蔼可亲的语气说道，“这个国家有不少外国人想回国却不能，哪里有你这样的机会！”

“但你不是这样，对吧，院长嬷嬷？”

“哦，我们的情况不同，我亲爱的孩子。我们来这儿的时候就知道，离开祖国就是永别。”

凯蒂虽然伤心不已，却突然产生了一种愿望，其中也许还掺杂着几分恶意，想在这些不食人间烟火、坚持崇高信念的修女们身上寻找弱点，想看看院长嬷嬷身上是否留有人类偏重情感的弱点，于是便说道：“我常想，一个人远离亲人以及生养自己的故乡，永不得再见，恐怕是叫人很难忍受的。”

院长沉吟不语。凯蒂细观之，见她那美丽而又清心寡欲的面容还是那样沉静，毫无变化，随后便听她说道：“对家母而言，的确难以忍受。她现已年迈，我又是她的独女，自然很想在临死前再见上我一面。我希望能给她这份快乐，但这是不可能的，我们只能等到了天堂再相见了。”

“话虽如此，但当一个人想一刀割断自己跟至亲至爱的人的情义，难免会扪心自问这样做是否正确。”

“你莫非想问我当初选择了这一步是否后悔？”院长嬷嬷突然脸放异彩，说道，“不，从来没后悔过。因为我舍弃的是微不足道、毫无价值的生活，换取的是无私奉献、服侍上帝的人生。”

院长嬷嬷说完沉默了片刻，换上了一副轻松的表情，莞尔一笑，随后又说道：“我想请你捎带一个小包裹，等你到了马赛后帮我寄出去。我不想把它交给中国的邮局邮寄。我马上去取来。”

“你可以明天再交给我。”凯蒂说。

“明天你太忙，没时间来这儿了，我亲爱的。你今晚就跟我们告别吧，这样对你更方便些。”

院长嬷嬷说完起身，虽身上的衣服肥大，却难掩其端庄从容的仪态，轻移步离开了房间。不一会儿，圣约瑟修女进屋来跟凯蒂道别，祝她旅途愉快，说既然朱上校派了得力的人护送，路上一定会非常安全。她说经常有修女走这条路，并无人护送，也从未遇到过什么危险。她问凯蒂是否喜欢大海，说她自己曾在印度洋遇到了风暴，“我的上帝[①]，别提当时有多难受了”。她说凯蒂的母亲见到自己的爱女，一定会很高兴的，要凯蒂照顾好自己，因为凯蒂毕竟有身孕，需为那个小生命着想，她和众修女一定会为凯蒂以及她的小宝贝祈祷，为她勇敢的丈夫那可怜的灵魂祈祷。她喋喋不休说个没完，显得那么善良和热情，但凯蒂却深感这位圣约瑟修女眼里只有“永恒”，并不将她看作血肉之躯，只把她视为一个魂灵。她有种疯狂的冲动，真想要抓住这个胖乎乎、好脾气的修女的肩膀，使劲摇晃她，大叫：“难道你不知道我是个活人吗？我心情不好，倍感孤独，需要得到安慰、同情和鼓励。难道你就不能稍稍将上帝放在一边，给我一点怜悯——不是你们基督徒那种对苦难众生的怜悯，而是凡夫俗子的那种怜悯？”想到这里，凯蒂嘴角掠过一丝笑意，觉得圣约瑟修女如果得知她这么想，肯定会惊得目瞪口呆。圣约瑟修女原来仅仅怀疑英国人都是疯子，这下就会确信无疑了。

“幸好我很适应海上航行。”凯蒂回答说，“我从不晕船。”

院长嬷嬷拿着一个工工整整的小包裹回来说：“这里面是我为家母的命名日[②]做的一些手帕，姓名首字母是这儿的女孩子们绣的。”

圣约瑟修女建议凯蒂欣赏一下这些手帕，看看院长嬷嬷的手工活儿做得多么精巧。嬷嬷听了，便脸上带着溺爱而嗔怪的微笑解开了包裹。手帕的料子是上好的细麻布，上面用花押字绣了姓名首字母，字母上方是草莓叶子组成的花冠。凯蒂边看边赞不绝口。随后，嬷嬷又将手帕包起，递给了她。圣约瑟修女说了句“好了，夫人，我得走

① 原文是法语：Mon Dieu。

② 命名日是和本人同名的圣徒纪念日，主要在一些天主教、东正教国家庆祝。

了”[1]，接着又重复了一遍她那礼貌而缺乏人情味的客气话，转身走掉了。凯蒂觉得自己也该跟院长告别了，于是就对她的关心和照顾表示了感谢。随后二人一道沿着空空荡荡、刷了白石灰的廊道朝外走。

“托你在到达马赛后寄出这个包裹，太麻烦你了吧？”院长嬷嬷说。

“不麻烦，我一定会照办的。”凯蒂说。

她看了看上面的地址，姓名像是一个显赫人家，但吸引她注意力的是包裹上写的地址，于是便说：“这是我参观过的一座城堡——当年我曾经跟朋友驾车去法国游玩，去过那个地方。”

“很有可能，”院长嬷嬷说，“那儿每星期有两天允许游客参观。”

“我觉得要是我生活在一个那样美丽的地方，是绝对舍不得离开的。”

“那地方固然是一处古迹，但少给人以亲切感。就算我有不舍离开之地，也并非彼处，而是一座我儿时住过的小城堡。那城堡坐落于比利牛斯山上，俯瞰大海，我就是在阵阵涛声中出生的。不瞒你说，我有时真想再听听那海浪拍击礁石的声音。”

凯蒂有一种感觉：院长嬷嬷在猜度她的心思和琢磨她的话语，恐怕在暗暗耻笑她。说话间，二人来到了修道院那扇朴拙的小门前。谁料院长嬷嬷伸出双臂抱住凯蒂吻了她，把缺乏血色的嘴唇贴到她的脸颊上，先吻这边，随后再去吻另一边。这一举动如此突然，让凯蒂一下子红了脸，感动得差点儿没掉眼泪。

“再见，愿上帝保佑你，我亲爱的孩子。”她搂着凯蒂，久久没有放开，口中说道，“记住，履行职责并不值得称道，因为那是你应该做的，就像手脏了该洗手一样。唯有一点颇为重要，那就是爱你的职责。当爱和职责合而为一时，上天就会降恩典于你，让你享受到你连想都不敢想的无边的幸福。”

说完，修道院的门便在她身后关上了，永远地关上了。

---

① 原文是法语：Ehbien， Madame， je vous quitte。

第六十九章

沃丁顿陪凯蒂一起上山，绕了个弯去沃尔特的坟墓看了看。随后他们去了牌楼那儿，二人就此作别。凯蒂最后望一眼那贞节牌楼，暗忖牌楼固然隐含讽刺之意，对她自身也同样是一种嘲讽。想毕，她便坐上滑竿走了。

登上旅途后，日子一天天过去。看着沿途诸多景物，她免不了会触景伤怀。那一草一木、一景一物无不令她伤感，勾起她对往事的回忆——几个星期之前她就是沿着这条路走来的，而今踏上了归途。脚夫们三三两两担着行李前行，也有远远落在后边的，负责护送的几个士兵则断后，吊儿郎当，不疾不徐，每天行二十五英里的路。女佣乘坐的滑竿由两个轿夫抬着，而凯蒂的滑竿却由四个人抬，不是因为她更重，而是为了体面。路上不时会见一队脚夫担着沉重的担子深一脚浅一脚地从身边走过，时而也会看见中国官员乘坐滑竿从旁边擦肩而过（官员看见凯蒂是个白人妇女，无不投来好奇的目光）。他们偶尔会遇见去赶集的农民，一个个身穿褪了色的蓝布衣衫，头戴大草帽，也会遇见个把女人，或老或幼，裹着小脚蹒跚走在路上。他们翻过一座座小山，走过一片片整齐的稻田，但见竹林中掩映着一户户农家小屋，村庄古旧，城市人口稠密（那一座座城市都有护城墙，一如《弥撒书》里的城市）。时值初秋，阳光和煦——若是黎明时分，那朦胧的晨曦洒在整齐的稻田上，如入仙境，虽有寒意，却叫人心暖，感到十分惬意。

凯蒂觉得自己真像是“真福八端”[①]之人，于是便尽情欣赏眼前的美景。

路上的景致生机盎然，色彩典雅优美，皆各有异，是那样奇特，犹如神秘、朦胧的幻影，不断在凯蒂的脑海中浮动，简直就不像现实中的场景。回想起来，湄潭府那雉堞状的城墙就像画布上的画，如古装戏背景上画的城市，而那些修女、沃丁顿及其情妇则是戏中主角；其他的人，如在偏街小巷里走动的人以及那些死者，均为跑龙套的戏子。当然，这些演员登台演出，都是有某种意义的。可是，那到底是什么意义呢？他们的演出就像是一场祭神的舞蹈，舞姿翩翩，饱含着古韵，你明知道其寓意深刻，明知道了解它对你来说至关重要，但你就是看不出眉目，不明就里。

一个老太太走过田埂，身穿蓝布衣衫（那蓝色在阳光下呈天青石色），脸上皱纹密布，一张脸就像陈年的象牙做成的面具。她挪动着一双小脚，佝偻着身子，拄着一根长长的黑色拐杖。眼前的情景让凯蒂觉得不可思议，觉得这简直就是一场稀奇古怪、梦幻一般的舞蹈，无法相信她和沃尔特也加入了进去，而且还扮演了重要的角色。她很可能因此而轻易地丢掉性命（沃尔特已经命丧黄泉）。莫非这只是一个玩笑？或许这仅仅是一场噩梦，梦醒后她便可以长舒一口气，高枕无忧了。回想近期的经历，有往事如烟之感，就好像它在很久以前发生在一个遥远的地方。不可思议的是：明明是在现实生活中，阳光灿烂，眼前的人物却影影绰绰。凯蒂定下神来，觉得自己就像是在看一本故事书，觉得书中的情节与己无关（这一想法叫她有点儿惊愕）。现在想一想沃丁顿，她发现自己已经记不清他的那张脸了，尽管以前她对他曾是那样熟悉。

这天晚上他们就会到达长江边上的一座城市，从那儿就可以乘船走水路了。再有一夜的航程就能抵达香港。

---

① 所谓“真福八端”，即耶稣在巴勒斯坦早期传福音时提到的八种福气：虚心的人得天国；哀恸的人得安慰；温柔的人承受土地；饥渴慕义的人有福；怜恤人的蒙怜恤；清心的人得见神；使人和睦为神的儿子；为义受逼迫的人得天国。

第七十章

起初她因为在沃尔特临死前自己没有哭而感到羞愧，觉得这似乎有点儿太绝情了——就连那位中国军官朱上校也泪湿眼眶呀。丈夫遽然离世，她被搅得神思恍惚，难以想象他再也不会回到住宅里，早上再也不会听到他在苏州浴盆里洗澡的声音了。一个大活人就这么突然死去了！修女们对她的那种基督徒式的听天由命的精神十分惊奇，对她那种默默忍受丧夫之痛的勇气颇为敬佩。但沃丁顿却很精明，尽管表面上对她深表同情，她却有一种感觉……该怎么说才好呢？……她觉得他嘴上说的是一套，心里想的却是另一套。

诚然，沃尔特的去世对她如晴天霹雳——她并不想让他死。不过，再怎么说，她毕竟不爱他，从来没有爱过他，为了顾面子才装得很悲伤。让旁人看透她的心思固然糟糕，但她觉得自己已经受够了，没必要欺人又欺己了。在她看来（这至少是她在这几个星期悟出的道理），如果对别人撒谎有时确有必要，对自己撒谎则在任何时候都不可取。沃尔特的悲惨离世令她悲伤，但她的悲伤纯属人之常情——就算死的只是别的熟人，她也会有这般感受。她承认沃尔特有不少令人钦佩的品质，可自己偏偏就是不爱他，总觉得他讨厌。她不会承认他的死让她感到如释重负——倘若有办法能叫他起死回生，她也会很高兴的。不过，她有一种感觉，一种无法遏制的感觉：他的死在某种程度上让她的日子稍稍轻松了些。他们在一起永远不会幸福，但想分开又千难万难。她为自己有这种感觉而吃惊，心想要是人们知道了她的想法，一定会认为她狼心狗肺、残酷无情。唉，他们不会知道的。她怀疑自己的熟人全都心怀鬼胎，有着不可告人的秘密，总是费尽心思防止别人窥探。

她两眼一抹黑，不知前程如何，也不作计较，心里只有一个念头：到了香港后不便久留，应该尽快离开那是非之地。一想到自己就要抵达那里，她的心中便充满了恐惧——她宁愿乘坐滑竿漂流四方，浪迹于那明媚、友好的乡野之间，晓行夜宿，冷眼旁观那风谲云诡的人间百态。不过，近在眼前的事情不得不去面对：到达香港后她到旅馆住下，然后着手处理房产和变卖家具。她觉得没必要再跟汤森德见面，觉得他应该知趣些，最好躲得远远的。就算要见他，她也只会跟他再见一次，只为了当面告诉他：在她眼里，他不过是个卑鄙小人。

可话又说回来，她为什么还对查尔斯·汤森德这么念念不忘呢？

她萌发了一个念头——这念头在拨弄着她的心弦，犹如竖琴弹出的音律，在响声一片的交响乐中显得是那么清越。正是这念头让那稻田有了一种奇异的美；正是这念头让她苍白的嘴唇在一个没长胡须的小伙子得意地驾着赶集的大车经过她身边，用大胆的眼神看她时，浮现出了一丝笑意；正是这念头让她经过的每一座城市的那喧嚣的生活平添了几分魅力。瘟疫肆虐的湄潭府犹如一座监狱，而今她已逃离，有生第一次感觉到天空是那么蓝、那么美，小道旁竹影婆娑，一根根青竹令人乐而忘忧。她自由啦——萦绕在她心中的就是这一念头！尽管前程缥缈，但这一念头就像朝阳洒在浓雾弥漫的河面上，使得那儿升腾起了一道彩虹。她自由啦，不仅挣脱了身上的束缚，也挣脱了那使她感到压抑的婚姻；不仅逃离了死亡的威胁，也摆脱了那叫她觉得掉价的所谓爱情，摆脱了一切精神束缚——现在的她精神自由，属于自由之身，天不怕地不怕，不管将来出现什么情况她都无所畏惧！

第七十一章

轮船在香港靠了岸。凯蒂一直站在甲板上望着那河面上色彩缤纷、生机勃勃的往来船只，这时便返回客舱，检查女佣是否落下了什么东西。她照照镜子，看见镜子里的自己一身素黑，穿的是修女们为她染就的衣服，并非丧服。此时她脑中闪过一个念头，认为自己必须在第一时间置办丧服，因为穿上丧服才可以掩人耳目，叫人看不出她内心真正的感受。

就在这时，有人敲门，女佣上前把门打开。

“费恩夫人。”

凯蒂转过身看看来客的脸，一时没有认出是何人。随后，她的心猛地一阵狂跳，刷地红了脸——来人是多萝西·汤森德。凯蒂怎么也想不到她会来，顿时手足无措，不知该说什么好。而汤森德夫人走进客舱，冲动地伸出胳膊搂住了她，说道：“唉，亲爱的，亲爱的，我真是太为你难过了。”

凯蒂由着她亲吻了几下，心里有些惊讶，想不到一个一直让她觉得冷酷、淡漠的女人竟会如此热情。

“真是太感谢你了。”凯蒂喃喃地说。

“走到甲板上去吧。女佣会关照你的行李，我带了仆人来，让他们搬运吧。”

她拉起凯蒂的手就走，凯蒂顺从地跟着，注意到她表情和善，一张饱经风霜的脸流露出诚恳的关切之情。

“你的船提前到了，我差点儿没能接上你。”汤森德夫人说，“要是跟你失之交臂，我会非常难过的。”

“怎么，你是专门来接我的？”凯蒂惊叫道。

“当然喽。”

“可是，你怎么知道我要来？”

“沃丁顿先生给我发了封电报。”

凯蒂转过身去，喉咙有些哽咽。奇怪的是，这么一点意外的关怀竟叫她十分感动。她不想在多萝西·汤森德面前流泪，希望她赶快离开。然而，多萝西却抓起垂在她身旁的一只手，紧紧地握住。凯蒂有些不好意思，没想到这个平日宠辱不惊的女人竟会如此感情外露。

“我想让你帮我一个大忙——查理和我希望你在香港这段时间能跟我们住在一起。”

凯蒂连忙抽回自己的手说：“你们太客气了，我是不能去的。”

“你一定得去。你不能孤单一人去住原来的房子，那样就太可怕了。我已经全都安排好了，你有自己的起居室，如果不想跟我们一道进餐的话，可以自己在那儿吃饭。我们两个都想让你来。”

“我并没想过要住原来的房子，而是打算下榻于香港酒店。我绝不能给你们添这么多麻烦。”

多萝西的提议让凯蒂吃惊不小，使得她既困惑又感到恼火，觉得如果查理还讲究一点点体面，就不该让他的妻子发出这种邀请。她可不想欠他们任何一方的人情。

“唉，让你下榻于旅馆，我心里怎么能过意得去。住香港酒店会让你烦死的，那里到处是人，乐队的爵士乐一天到晚地聒噪。求你快答应去我们那儿吧，我保证查理跟我绝不会打扰你。”

“我不知道你们为什么要对我这么好。”凯蒂有点儿词穷，苦于找不出借口推辞，无法直截了当、干干脆脆地拒绝，于是胡乱支吾道，“恐怕眼下我跟陌生人住在一起不太合适。”

“我们怎么是陌生人呢？哦，我可不愿那样想，而是希望你把我当作朋友。”多萝西说着双手紧握，平时冷静、沉稳、高贵的声音此时在微微发颤，眼里含着泪水，“我太想让你来了，也是借此向你赔罪。”

凯蒂一头雾水，不明白查理的妻子哪一点得罪她了，竟要向她赔罪。

“恐怕一开始我并不太喜欢你，觉得你过于招摇。这都怪我太老套，容不得人，气量太狭窄。”多萝西说。

凯蒂瞥了她一眼，觉得她的言外之意是一开始认为自己粗俗。想到这里，凯蒂虽然脸上声色不动，心里却哈哈大笑起来，因为她根本就不在乎别人怎么看她！

“当我听说你跟你丈夫去了那块死亡之地，没有片刻的犹豫，就觉得自己真是个微不足道的小人，实感无地自容。你简直就是巾帼英雄，有胆有识，相比之下让我们这些人显得一钱不值，一个个都抬不起头来了。”多萝西说着，眼泪顺着她那张和善但不算漂亮的脸直朝下淌，“我实在无法表达对你有多么崇拜和敬仰。天降大难于你，我情知无回天之力相助，只想让你知道我心中是何等难受、何等同情。如果你容许我少尽微薄之力，我将感到莫大的荣幸。万不可因为我曾经错怪了你而怀恨在心——你是女中豪杰，而我只是个不知进退的愚蠢女子。”

凯蒂低头看着甲板，面色苍白，真希望多萝西别这般控制不住自己的情绪。她固然受到了感动，但心里禁不住也有了几分不屑，觉得这个女人头脑太简单，不该相信那些谎言。

“如果你真的想让我去，那我就恭敬不如从命了。”她叹了口气说。

第七十二章

汤森德家住在山顶上的一座海景房里，可以俯瞰辽阔的大海。查理通常不回家吃午饭，但凯蒂到达的那天，当旁边没有他人时，多萝西对她说，如果她想见见他，他就回家来向她表示欢迎。凯蒂想了想，觉得既然免不了要见他，倒不如马上就见。她悻悻然感到有些好笑，等着看他到时那副尴尬相。她很清楚自己之所以受到邀请是因为他妻子一时的心血来潮，而他不管心里感受如何，即刻点头同意了。凯蒂了解他，知道他爱面子，做事讲求体面，所以一定会热情款待她，这是板上钉钉的了。不过，若是他回想起他们最后一次会面的情景，恐怕会感到窘迫——对汤森德这样爱慕虚荣的人来说，那次会面一定像一块无法愈合的溃疡，使得他心烦。他深深伤害了她，她觉得自己也同样伤害了他，所以汤森德必定对她心怀怨恨。她已无怨恨之心，只是鄙视他，这令她感到欣然。不管他心里怎么想，都得做做样子，对她表示热烈欢迎，这真是颇具讽刺意味，令人发笑。那天下午她离开他的办公室时，他一定满心希望自己这辈子再也不会见到她呢。

而现在，她来到了他家，跟多萝西坐在一起，等着他回来。这是一间豪华的起居室，她坐在一把扶手椅里，感到欣慰、舒畅。屋里到处摆着漂亮的鲜花，墙上挂着一幅幅悦目的油画，环境清爽、阴凉、舒适，颇有家的味道。想起传教士留下的那座空荡荡的平房，她不禁打了个冷战。在那座平房里只有几把藤椅和一张铺着桌布的餐桌，污迹斑斑的书架上摆着几本廉价版的小说，窗户上挂着寒碜的红窗帘，看上去布满了灰尘。唉，那样的住处简直太简陋了，简陋得恐怕多萝西连想都不敢想。

说话间，二人听见有辆汽车开来停在了门外，随后便见查理大步走进了房间。

“我来迟了吧？但愿我没有让你久等。我得去见总督，一时实在脱不了身。”他走到凯蒂面前，握住她的双手说，“我非常、非常高兴你能来这儿。我想多萝西已经跟你说过，我们希望你住在这儿，愿意住多久就住多久，只把这儿当成自己的家。还有一句话我想亲口告诉你：如果有需要我的地方，我愿效犬马之力，并深感荣幸。”他的眼神很诚恳，十分感人，而凯蒂却露出嘲讽的眼神，不知他看到了没有，“恕我笨嘴拙舌，不会说话，显得呆头呆脑，实我所不愿。不过，我还是想说一句：对于尊夫的不幸离世我深感同情。他是我的好哥们儿、好兄弟，我将会永远缅怀他，哀痛之情不胜言表。”

“不必多说，查理。”他的妻子开口道，“我相信凯蒂会理解你的心情的……哦，鸡尾酒送来了。”

外国人在中国讲排场，雇的仆人都必穿制服。这时只见两个穿制服的中国男仆走进房间，端来了几样开胃菜和几杯鸡尾酒。凯蒂却婉拒不饮。

“哦，你应该喝上一杯，”汤森德用他平时的那种豪爽、热情的语气劝道，“这对你有好处。我相信自打你离开香港后恐怕就没喝过鸡尾酒这样的佳酿。除非我搞错，你们在湄潭府肯定连冰块都搞不到。”

“你没搞错。”凯蒂说。

一时间，她的脑海里浮现出一幅情景——那个蓬头垢面的乞丐倒毙于院子围墙的墙根，身上的蓝布衫破破烂烂，难以遮盖住他那瘦骨嶙峋的肢体。

第七十三章

他们入席进餐。查理坐在上首位置谈笑风生，轻松自如地掌控着谈话的风向。他先对凯蒂说了几句同情的客气话，随之话锋一转便说起了闲话，全然不将她视为一个刚刚经历了大灾大难的人，就好像她在上海做了阑尾手术，前来香港疗养——她需要有一个好心情，而他善解人意，一心想让她快活。他觉得如欲叫她有宾至如归之感，最好的办法莫过于待她亲如一家。他是个八面玲珑的人，大谈阔论什么秋季赛马会、马球，跟着发一声嗟叹，说如果他不能把体重降下来，就只好放弃马球了。接着他便说起了他上午跟总督的一场谈话，说起了他们在海军上将的旗舰上参加的一场舞会，随即又谈到了广东的时局以及庐山的高尔夫球场。几分钟后，凯蒂便觉得自己一直在香港，只是周末离开过一两天而已。她觉得难以置信的是，在中国内地，距离香港只不过六百英里远，大概相当于从伦敦到爱丁堡那么远，人们在像苍蝇一般成批死去，男女老少都有。不一会儿，她便谈笑自如了，忽而问某个打马球时折断锁骨的人是否已康复，忽而问某某的妻子是否已回国，抑或某某的妻子是否在打网球锦标赛。查理说起自己拿手的小笑话，她就对之报以微笑。多萝西带着些许优越感（现在把凯蒂归进了他们的阵营，也就不会得罪她了，反而成了她们缔结同盟的纽带）对香港的各色人物又是讥嘲又是挖苦。凯蒂感到自己在复苏，身上有了活力。

“瞧，她现在气色好多了。”查理对妻子说，“午餐前她面无血色，吓了我一跳，这会儿脸颊上已经有点儿颜色了。”

凯蒂即便不是兴高采烈（她觉得无论是多萝西，还是有着浓厚的传统观念，讲究三从四德的查理都不会赞同她那样做），至少也是带着轻松愉快的心情参与到谈话中的。与此同时，她也在观察着那位东道主。在这几个星期里，她一旦想起他便心生怨恨，脑海中会出现一幅生动的图像：他油头粉面，把浓密的鬈发留得很长，梳理得极为仔细，为的是遮盖渐生的白发；一张脸红得像猪肝，脸颊上淡紫色的血管纵横交错，下颌垂肉，抬头就会露出双下巴；他的眉毛浓密但已花白，看上去像类人猿的眉毛，让她隐隐感到厌恶；他动作沉重，虽说注意饮食，又经常运动，却未能避免渐渐发胖；他的骨骼覆满赘肉，关节像中年人那样僵硬；他衣着考究，但穿在身上紧巴巴的，模仿年轻人的模样。

可是，他午餐前走进起居室时，却叫她为之一惊（也许正是因为如此，她才面无血色）。她发现自己的想象跟现实完全不符——他丝毫也不像她脑海中的模样。于是，她心里忍不住嘲笑起自己来。但见他头上并无白发，只是鬓角有几根白丝，但也很相称；他的脸并非红得像猪肝，而是晒得黝黑；他的下颌并无垂肉，眉毛并不花白，既不胖也不老——事实上他身材苗条，叫人称羡，恐怕他自己也为此感到骄傲，因为看上去简直就像个小伙子。当然，不可否认的是，他在穿着方面十分内行——一身装束叫他显得整洁干净、端庄得体。她到底中了哪门子邪，竟把他想象得那样窝囊？！眼前的他英姿勃发、相貌堂堂。幸好她了解他的人品，知道他是个卑鄙小人。当然，她一直都承认他的声音带有一种迷人的特质——现实跟她的记忆别无两样。越是如此，就越让人觉得他说的每句话都是那般虚伪，那般叫人生气。那声音圆润、甜蜜，但在她听来缺乏诚意。她真不明白自己当初怎么会为之所骗，就跟被灌了迷魂汤一样。他的眼睛很漂亮（这正是他的迷人之处），里面闪烁着温和、湛蓝的光彩——哪怕他满嘴胡诌，那眼神仍然讨人喜欢，叫你几乎不可能不为之动情。

终于，咖啡端上来了。查理点上他的雪茄，看了看手表，然后从桌边站起身来说："失陪，我得告辞了，留你们两位年轻女士自便吧。现在我得回办公室去了。"他停顿了一下，随后用友善、迷人的眼睛望着凯蒂说，"这一两天我不会打扰你，让你好好休息。然后，我有点儿事要跟你商量。"

"跟我？"

"你们家的房产需要处理，另外还有家具需要变卖，我应当帮助你做出安排。"

"哦，我可以找律师处理此事，没道理麻烦你。"

"万不可这般思量。我可不能让你浪费钱财去请律师。一切都交给我处理就是了。再者，你有权获得一份抚恤金。我会去跟总督大人谈谈，看能否在某些方面通融一下，为你额外多争取一点儿。我办事，你尽可以放心。眼下，你什么事情都别操心，我们只希望你能赶快恢复健康。你说是不是，多萝西？"

"当然了。"

他朝凯蒂轻轻一点头，然后走到他妻子的椅子旁，拉起她的手吻了一下。大多数英国男人亲吻女人的手都显得笨手笨脚，而他却姿态优雅、自如。

第七十四章

在汤森德家安顿下来之后，凯蒂这才发觉自己是多么疲惫。不过，舒适的生活和怡人的环境（对这样的环境她已感到陌生）解除了她一直承受的压力。在湄潭府时，她已经忘了恬适的生活该是多么惬意，周围净是漂亮的东西该多么令人心旷神怡，受人关注该是多么叫人愉悦。而今，她如释重负，长叹一声，开始享受香港的那种豪华奢侈的东方式生活。周围的人谨慎、礼貌地对她表示同情和关怀，丝毫也没有让她感到不快。鉴于她刚刚经历丧夫之痛，不便给她安排娱乐活动，但香港的那些有身份的贵妇人（总督阁下之妻、海军上将之妻以及首席法官的妻子）都来看望过她，陪她喝过茶。总督的妻子告诉她，说总督很想见见她，希望她能来总督府吃顿午餐，并解释说只是一顿便餐，没有旁人，只有一位副官相陪。这些贵妇人曾经把凯蒂视作花瓶，漂亮但易碎，而今不难看出已将她视为巾帼英雄——她乐得扮演这种角色，同时表现出谦虚谨慎的气度。有时候她真希望沃丁顿能在跟前——沃丁顿眼睛刻毒、明察秋毫，一定可以看出这种状况是多么可笑。暗中，他们俩可以捧腹大笑一场。多萝西收到过他的一封信，信中把凯蒂大大吹嘘了一番，说她如何全身心投入到了修道院救死扶伤的工作中，夸她怎样勇敢、怎样不惊不乱。凯蒂暗忖：沃丁顿这家伙真是诡计多端，知道怎么捉弄这些贵妇人。

第七十五章

不知是出于偶然，还是查理的谋算，反正他从不单独跟她相处。他对她和气、同情、关心和体贴，却仅仅是朋友关系，绝不会引人生疑。但是一天下午，她正躺在卧室门外的沙发上读书，他却沿着走廊来到跟前，停下脚步问："你在读什么？"

"一本书。"

她用嘲讽的目光望着他。他莞尔一笑说："多萝西去总督府参加派对了。"

"我知道。你为什么没一道去？"

"我在那儿待不住，便想到还是回来陪陪你好。车停在外面，你愿意在岛上兜兜风吗？"

"不了，谢谢。"

他在她躺着的沙发一端坐下，说道："自从你来这儿后，咱们还没机会单独谈谈呢。"

她直视他的眼睛，目光冰冷、高傲，说道："你认为你我之间还有什么可说的吗？"

"有许多话可说。"

她挪了挪脚，省得碰着他。

"你还在生我的气？"他问道，嘴角和两眼中的淡淡微笑让人心软。

“一点也不。”她呵呵笑了起来。

“我觉得你要是不生气的话，就不会这么笑。”

“你弄错了。我鄙视你还来不及呢，哪有闲情生你的气。”

他仍不肯罢休，说道：“我认为你对我太苛刻了。你不妨静下心想一想，难道就不觉得我是对的吗？”

“那是以你的观点看。”

“现在你了解多萝西了，总得承认她相当不错吧？”

“当然。我会永远感激她给予我的体贴和关爱。”

“她是百里挑一的好人。如果当初一走了之，我就永远不会有片刻的安宁。我不能用那种见不得人的手段耍弄她。说到底，我也得为我的孩子们想想，那样做对他们是极大地打击。”

凯蒂盯着他沉思片刻，觉得自己掌握了主动权，于是款款说道：“我来这儿已经一个星期，细心观察了你，所得结论是你的确很爱多萝西，所以认为你不会跟她恩断情绝。”

“我告诉过你我爱她，哪怕是能引起她片刻不安的事情也会不做的——她可是打着灯笼也难以找到的贤妻良母。”

“你有没有想过你欠她一份忠诚？”

“她眼不见心不烦嘛。”他赔了个笑脸说。

她耸耸肩答道：“你真是无耻。”

“我是个有七情六欲的大活人，实在不明白怎么只因为我爱你爱得发狂，你就觉得我无耻。你知道，我爱上你也是情不自禁呀。”

听他这么说，她的心弦一阵颤动。

“我不过是你的一个猎物罢了。”她苦涩地说。

“当然，我无法预料到事情会闹得这么僵。”

“不管怎么说，你精明透顶，深知就算有人充当冤大头，也不会是你。”

“我觉得这话有点儿冤枉我了。毕竟现在一切都过去了，你需要明白，我那样做对你我二人而言都是上策。当时你昏了心智，而我却头脑清醒，你应该为此感到高兴才对。如果按照你的要求做了，你认为会成功吗？那时候咱俩有累卵之危，一不小心就会身败名裂。而今你身未败名也未裂。咱们何不接个吻，重新做朋友？”

她听了差点儿没大笑起来，说道：“你别想让我忘了往事——正是你把我送上了一条死路，而你却毫无愧疚之心。”

“唉，简直是一派胡言！我告诉过你，如果你采取了合理的预防措施就不会有危险。要是我心里没数，你以为我还会让你去吗？”

“你心里有数，有的只是为自己着想的数。你这种小人仅仅权衡自己的得与失，哪管别人的生与死。”

“事实胜于雄辩——你现在平平安安回来了。如果你不介意我说句肉麻的话，你非但平安返回，而且比以前更漂亮了。”

“那沃尔特呢？”

他突然想到了一句诙谐的答语，便情不自禁地笑了笑，脱口说道：“女要俏一身孝——这身孝服你穿着再合适不过了。”

她凝视他良久，泪盈眼眶，突然大放悲声，如花面容因悲痛而扭曲她也不管不顾，身子往后一仰，双手软绵绵垂放于身体两侧。

“看在上帝的分儿上，你别哭好不好。我并无意说话伤你，只不过开个玩笑而已。你也知道我对你的丧夫之痛抱着多么深切的同情。”

“得了吧，快把你的乌鸦嘴闭上。”

“要是能让沃尔特死而复生，叫我干什么都行。”

“他是因为你和我而死的。”

他拉起她的手，但她猛地抽了回去，抽泣着说：“请你走开吧，这是你现在唯一能为我做的事情。我恨你，鄙视你。沃尔特好过你十倍，我是天大的傻瓜，竟没有看到这一点。走开，走开吧。”

她见他又要说什么，便一下子跳起来奔入了卧室。他紧随其后，一进门便出于谨慎，本能地拉上了百叶窗，使得房间顿时陷入黑暗之中。

“我不能就这样离开你，”他伸出胳膊抱住了她说，“你知道我不是故意要惹你伤心。”

“别碰我！看在上帝的分儿上，快走开。”

她拼命要从他怀里挣脱出来，而他紧抱不放，哪管她哭得死去活来，口中用他那深沉、迷人的声音说道：“亲爱的，难道你不明白我对你一直都情深似海，而今的爱更胜从前吗？”

“这种谎话你也说得出口！放开我。该死，快放开我。”

“别对我这么薄情，凯蒂。以前对你有不当之处，我已知罪，请多原谅。”

她哆嗦着，抽泣着，拼命要挣脱开来，但他紧抱不放，不知怎么使她产生了一种奇异的舒适感。她曾经有一种欲望，想让这双臂膀再拥抱自己一次，只拥抱一次即可，而今在他怀里她抖如筛糠，觉得身体软得像面条，似乎骨头都变酥了。一时间，她对沃尔特的悲伤转变成了对自己的怜悯。

“唉，你怎么能对我那么狠心？”她抽泣着说，“难道你不知道我爱你是全心全意地爱吗？天下没有一个人像我爱你爱得这么深。”

“我的小心肝。”

他开始亲吻她。

“不，不。”她叫道。

他朝她的脸凑过来，但她扭过头去，他又朝她的嘴唇凑过去。她不知他在说什么，只听见耳畔那情话叽叽咕咕，炽热如烈火。他紧紧拥抱她，而她如痴如醉，恰似一个迷路的孩子，现在终于安全回了家。她轻声呻吟着，眼睛闭起，脸已被泪水打湿。接着，他找到了她的嘴唇热吻起来——那吻就像一团火燃遍了她的全身。她心醉神迷，心里烈焰腾起，只觉得浑身发烫，仿佛已不能自已——以前做梦，她曾有过这种神魂颠倒的快感。她不清楚他下一步会对她做什么——她已丧失了意识，丧失了个性，体内欲望如火一般燃烧。他轻轻把她抱了起来，似抱婴儿，而她紧紧偎在她怀里，一如小鸟依人，心中充满渴望和爱慕。她的头陷在枕头里，他紧贴上来，热吻她的芳唇。

第七十六章

事毕，她坐在床沿上，以手掩面。

“你想喝口水吗？”

她摇了摇头。

他走到盥洗台那儿，用刷牙杯接满水端给她说：“来，还是喝点吧，喝点你感觉会好一些。”

他把杯子递到她嘴边，她呷了几口，然后就用惊恐的眼神盯着他看。

他立在她身边，低头看着她，眼里闪过一丝得意的神色，问道：“怎么样？你还像以前那样觉得我是个卑鄙小人吗？”

她低头答道：“是的。不过我觉得我和你是一丘之貉，比你也强不了多少。天哪，我真是太可耻了。”

“哦，我倒觉得你是翻脸无情。”

“你是不是该走了？”

“说实话，我的确觉得该走了——我得赶在多萝西回来之前拾掇拾掇。”说完，他迈着轻快的步子走出了房间。

凯蒂在床沿上呆坐了一会儿，佝偻着腰，就跟个傻子一样，脑中空空如也。突然，一阵战栗传遍了她的全身。她踉跄着站了起来，走到梳妆台那儿，一屁股瘫坐在了椅子上。她照照镜子，发现自己两眼已哭肿，泪痕满面，脸颊上有一块红印，那是他的热吻留下的。

她惊恐地细观自己——她原以为脸上会留下某种堕落的痕迹，却发现她的一张脸依然如旧，没有任何变化。

“畜生！”她对着镜子里的自己大声咒骂，“畜生！”

随后她抱头痛哭，大骂自己。可耻，可耻！她不知道自己刚才是中了哪门子邪，现在只是悔恨不已——她恨他，也恨自己。片刻的销魂却换来一肚子的怨恨！她真希望再也别看到他的那张脸。他太有主见了，不娶她算是做对了，因为她水性杨花，比娼妓好不到哪儿去。天呀，她真不如一个娼妓，因为可怜的娼妓是为了糊口才出卖肉体。多萝西是看她有丧夫之痛，处境可怜，才把她接入家中，谁料却是引狼入室！她抽泣不止，双肩乱抖，觉得天昏地暗。她原以为自己已改过自新，成了一个意志坚强的人，怀着一颗笃定的心回到了香港，对未来的憧憬掠过脑际，如黄颜色的小蝴蝶翻飞于阳光之下。她一心希望前途似锦，以后的日子会非常美好，“自由”像一盏明灯照耀着她前行的道路——整个世界犹如一条康庄大道，她尽可以昂首阔步一路前行。她原以为自己已不再贪恋肉欲，不再贪恋男欢女爱，完全可以过上一种纯洁健康的精神生活。她曾将自己想象成黄昏时分从田野上空飞过的野鹤，闲哉，悠哉，乐哉，一如一个人心态平和时翱翔于脑海中的片片思绪。可末了她还是让肉欲占了上风！软骨头，软骨头！她现在万念俱焚，觉得自己是个荡妇，已不可救药。

吃晚饭时，她不肯到餐厅去，让仆人去告诉多萝西，说她头痛，想待在自己的房间。多萝西来了，见她眼睛又红又肿，便家长里短地说了一通闲话，话语温柔，显得十分同情她。凯蒂知道多萝茜以为她是因为沃尔特才哭的，觉得她心中怀悲，故而出于善意和爱心抚慰着她。

“我知道你很难过，亲爱的。”多萝茜离开她的时候说，“但你必须振作精神、鼓起勇气，我相信你亲爱的丈夫绝不会希望你为他伤心过度。”

第七十七章

次日凯蒂起了个大早，给多萝西留了一张纸条说她外出办事，随后便搭上有轨电车下山去了。到了山下，只见大街上熙熙攘攘，到处是汽车、黄包车和轿子，人群中有欧洲人也有中国人。她穿街走巷取路来到了半岛东方轮船公司的办事处——两天后有一艘船启航，也是最早出港的船，她拿定主意不惜一切代价也要登上这艘船。办事员告诉她所有舱位都订出去了，她便提出要见总代理，随即通报了自己的姓名。总代理和她有一面之缘，出来见到她，便将她引进了他的办公室。他知道她的境况，听了她的诉求后，就叫人取来了乘客名单，然而看着名单却面露难色。

"求你一定要尽一切可能帮我这个忙。"凯蒂央求道。

"对于你，我想不管任何人都会倾力相助的，费恩夫人。"总代理回答说。

他派人叫来办事员询问了一番，然后点了点头对她说："有一两个乘客的舱位可以调换一下。我知道你归心似箭，我们应该尽最大努力为你效劳。我可以给你单独安排一个小客舱，这样可能更如你的意。"

她谢过了他，心情愉快地离开了。此时她心里只有这一个念头：赶快逃离这是非之地！她给父亲发了一封电报，说她将即刻回国（之前她已经发过电报告知了沃尔特的死讯）。随后，她回到汤森德家，把订了船票的事告诉了多萝西。

“没你在这儿，我们会非常难过的，”这位善良的女人说，“但我自然理解你的心情，知道你想跟父母团圆。”

自从返回香港后，凯蒂一再拖延，迟迟不愿去她那所房子。她实在害怕再次走进那扇门，害怕自己会触景伤情，回忆起在那里居住的时光。但现在她已别无选择，因为汤森德安排好了要出售那儿的家具，并找到了一个愿意继续租赁的人，对方急着要住进去，需要她腾空房屋——她和沃尔特去湄潭府的时候几乎什么都没带，把衣物、书籍、照片以及其他零七八碎的东西都留在了那儿。凯蒂对旧物实无留恋之心，但又怕送去拍卖会惹得香港的官员们生疑，只好打包带回国去。于是，她决定午饭后到那儿去一趟。多萝西热心帮忙，提出要陪她，可凯蒂婉言谢绝，只想一个人去。不过，她同意带上多萝西的两个男仆协助装箱。

凯蒂随夫走时，留下仆人领班照看房子。领班见凯蒂来，开门将她迎了进去。凯蒂虽然回的是自己家，却有一种奇怪的感觉，觉得自己是个生客。这儿整洁干净，各样物件各居其位，以备随时取用。尽管这一天天晴日暖，寂然无声的房间里却显得阴森凄凉。一件件家具仍摆在原来的位置，丝毫没有变动，昔日插满鲜花的花瓶也在原来的位置。她不知何时倒扣在那儿的书也原封未动。那情形就好像主人方才离家不久，然而这一走却是永别——你无法想象这座房子里还会再次响起欢声笑语。钢琴上放着一本打开的狐步舞乐谱，似乎正等着人来弹奏，可是你却有一种感觉：即便你按下琴键，它们也不会发出声音。沃尔特的房间就像他在的时候一样整洁，五斗柜上摆着两张她的大照片，其中一张她穿着初入社交场时的衣服，另一张则穿着结婚礼服。

仆人们从储藏室取来行李箱，她站在一旁看着他们装箱——那几个人手脚麻利，七手八脚地装着。她暗忖两天内万事便可具备，只待启程了，这段时间不该胡思乱想，其实也没有闲暇胡思乱想。突然，她听见身后有脚步声，转身一看见是查尔斯·汤森德，不由浑身发冷，像是掉进了冰窖，便开口问：“你来干什么？”

“能到客厅里坐坐吗？我有话跟你说。”

“我很忙。”

“只占你五分钟的时间。”

她没再说什么，只是对仆人吩咐了一句，让他们继续干活儿，然后便把查尔斯引进了隔壁房间。她没有坐下，以此表示不希望他久留。她知道自己脸色十分苍白，心也跳得厉害，但还是冷静地直面他，眼里充满敌意，问道：“你来究竟想干什么？”

“我刚听多萝西说你后天要走。她告诉我你到这儿来收拾东西，让我来看一看能为你做些什么。”

“谢谢你的好意，我自能安排。”

“我料到你会这样说。其实我来并非此意，我来是想问你一声：你突然要走，是不是因为昨天的那件事？”

“你和多萝西对我很好，但我不希望让你们觉得我是个不知趣的人。”

“这回答有点儿太拐弯抹角了。”

“我走不走跟你有什么关系呢？”

“关系太大了——我可不希望是因为自己做了错事才把你逼走的。”

她在桌子旁站着，低下头，目光落在了《随笔》上，这是几个月之前的旧报了。在那个可怕的夜晚，沃尔特一直盯着它看……而现在沃尔特已经离开了人世……想到这里，她抬起眼睛说：“我觉得我彻底堕落了。不管你多么鄙视我，都不如我这么瞧不起自己。”

“但我并不鄙视你，昨天所言全出自肺腑。你何必要这么急匆匆逃走呢？难道咱们就不能成为好朋友吗？我可不想让你觉得我对你不仁不义。”

“为什么你就不能让我一个人清净清净呢？”

“真见鬼，我又非草木，孰能无情无欲。你这么看待问题，实在太不合情理，太缺乏人情味了。我还以为有了昨天的那件事，你会回心转意，对我好一些呢。说到底，你我毕竟都是有情有义的人嘛。”

“我觉得你我并非人类，而是禽兽，无异于猪狗。唉，我不怪你，因为我也一样坏——我屈服于你是因为我也想要你。不过话又说回来，那不是真正的我。我不承认那个可恨可恶、禽兽一般、荒淫无耻的女人是真正的我。我丈夫尸骨未寒，你妻子待我情深意厚，而我却躺在床上向你求欢——这样一个下贱女人并不是真正的我！那只不过是一个充满兽性的坏女人，阴险可怕，似恶灵一样——我憎恶她、鄙视她，不承认她是真正的我。一想到她，我就反胃，恶心得要呕吐。”

他皱了皱眉，不太自在地嘿嘿一笑说：“我算是相当豁达大度了，但有时候你嘴里说出来的话实在让我震惊。”

“那我就很抱歉了。你最好现在就走吧。你是个一文不值的小人，都怪我没脑子，竟跟你这么认真地说话。”

他良久未作答。她瞧瞧他的那双蓝眼睛，见内含恼意，情知他在生她的气。她这一走，他一定会如释重负，长舒一口气，随即便会换上一副惯有的从容不迫、彬彬有礼的面孔为她送行。他们会握手而别，他祝她旅途愉快，而她感谢他的盛情款待——这样的场面让她一想就有点儿忍俊不禁。思忖间，她见他表情一变说：“多萝西告诉我你要生孩子了。”

她觉得害臊，然而却神色不乱地说：“是的。”

“我有可能是孩子的父亲吗？”

“不是，不是，是沃尔特的孩子。”

她说话时不由自主加重了语气，但话一出口，她便觉得这种语气难以令人信服。

“你敢肯定吗？”他奸笑了一声说，“毕竟，你跟沃尔特结婚两年都没有动静呀。按照日期推算，我认为孩子更可能是我的，而不是沃尔特的。”

“我宁可杀了自己也不愿为你生孩子。”

“唉，得了，别说傻话。要是我的孩子，那我就太高兴、太自豪了。但愿是个女孩！你知道，多萝西只为我生了三个男孩。你用不了多久就会知道，那几个小家伙会长得跟我一模一样。”

他突然又恢复了原样，又乐呵呵的了。她知道其中的缘故——假如孩子是他的，即便她再也不见他，也别想彻底摆脱他。他会像狗皮膏药一样黏上她，不管在明里还是暗里，肯定会持续影响她的日常生活。

“算我倒霉，遇上了你这么一个虚假伪善、厚颜无耻的坏蛋。”她无奈地说。

第七十八章

轮船驶入马赛港时，凯蒂望着那布满了岩石、美轮美奂、在阳光下熠熠闪光的海岸线，猛然间看见了作为保佑航海人平安无事的象征，矗立在圣玛丽利亚大教堂顶部的圣母玛利亚金色雕像。于是，她不由想起了湄潭府修道院里的那些永远离开了祖国的修女，想到她们离开时跪在地上望着这尊雕像，望着它渐渐消失在远方，化为蓝天上一束小小的金色火苗，唯有用祈祷来减轻离别之痛。想到这里，她两手合十，向那位她所不了解的神灵祈祷，祈求神灵保佑她和那些修女。

在漫长而平静的旅途中，她不停思考着发生在自己身上的那件可怕的事情。她简直无法理解自己的所作所为，觉得事情的发生太出乎她的意料。她那么鄙视查理，全身心地鄙视他，可为什么自己竟冲昏了头脑，不顾一切地投入到了他那肮脏的怀抱？她怒火中烧，对自己感到厌恶，而这种情绪搅得她心神不宁。她觉得她今生今世也不会忘记这奇耻大辱，于是不停地流泪。然而，随着轮船离香港越来越远，不知不觉之中她的愤怒也越变越淡了，仿佛一切都发生在另一个世界。这就像一个人突然发狂，不能自已，做下了令人不齿之事，清醒后依稀记得，不由觉得懊悔和惭愧，但又认为那是自己失控时所为，至少他个人觉得可宽可恕。凯蒂认为君子不计人小过，凡君子应该对她怀怜悯之心，而不该责她之过。但一想到她的自信心已毁于一旦，她便黯然神伤，仰天长叹。曾几何时，她觉得眼前尽是康庄大道，谁知现在前行的道路却是崎岖艰险，布满了陷阱。途中，印度洋那开阔的水域和凄凉、美丽的落日景色让她躁动的心平静了下来。她觉得自己正在前往一处避风港，她的灵魂即将得到解脱，获得自由。如果经过艰苦奋斗可以重新赢得自尊，那她就必须勇敢地面对现实！

未来，她得踽踽而行，且路上荆棘遍布。在塞得港[①]她曾收到一封母亲回复她电报的信。信很长，用的是母亲青年时代大家闺秀常用的那种书法，字体很大，龙飞凤舞，华而不实，给人一种缺乏诚意的印象。这位加斯廷夫人对沃尔特的去世表示哀悼，非常同情女儿的不幸，同时表示担忧，怕女儿生计上缺乏保障，但又说殖民部肯定会发放抚恤金。她说得知凯蒂返回英国，自己十分高兴，要女儿留在家中，跟他们老两口住在一起，直到孩子生下来。随后，她嘱咐了一些凯蒂必须照办的事项，接下来便大讲特讲了一番她妹妹多丽丝分娩的经过，说生下来的是个男孩，重多少公斤，还说孩子的爷爷自称从未见过这么可爱的孩子。多丽丝现在又怀孕了，他们希望再生一个男孩，以确保准男爵的爵位能够继承下去。

凯蒂看出这封信的关键之处在于确定了她可以留居娘家的具体期限——加斯廷夫人无意收留一个境况堪忧的寡居女儿，让自己背上一个包袱。凯蒂回忆往事，不由称奇，想当初母亲那般宠她，现在对她感到失望，就将她视为累赘。父母与子女之间的关系多么奇怪啊！子女小的时候备受父母溺爱，有个头疼脑热就让他们悬心吊胆、惶惶不安，子女则对父母报之以“爱”和“敬”。然而，几年过后，子女们长大，翅膀长硬了，孝敬父母之心就不如亲近朋友之情了。冷漠取代了昔日的那种不计较得失的天然亲情。他们见了面不是感到厌烦就是觉得恼怒。忆往昔，他们哪怕分别一个月也会寝食不安，现在就算几年不见也会安之若素。凯蒂暗忖母亲用不着担心她会赖在家里，因为她一旦有机会就会另立门户的，只是现在还需

---

①埃及第二大港口。

要一些时间罢了。眼下，前途渺茫，她无法知道将来会出现什么样的情况，也许自己会在分娩时死掉，那样就会一了百了了。

可是，轮船靠岸后，又有两封信交到了她的手中。她认出其中有一封是父亲的笔迹，不由感到意外，因为在她的印象中父亲从未给她写过信。这封信语气淡漠，只是在信首说了句“亲爱的凯蒂”，接着就是一通平铺直叙，说他这是在为她母亲代笔，因为她母亲患病在身，被送到一家私立医院做手术去了。他叮嘱凯蒂不必害怕，还是按她原来的打算走海路回国就是了，走陆路花销要大得多。他还说她母亲去了医院，留她住在哈林顿花园的家中多有不便，云云。另一封信是多丽丝写来的，开头便是“凯蒂宝贝”，这并不是说她对凯蒂有什么特别的感情——她给所有认识的人写信都这样开头。其文如下：

凯蒂宝贝：

我想父亲已经给你写了信。母亲得去做一次手术。她似乎去年就有恙在身，可你知道她讨厌见医生，于是就自作主张服起了药，服的药五花八门。我弄不清她到底得的什么病——她把这病当成了一个秘密，你只要问问，她就会动怒。她看上去状况着实不妙，我要是你的话，就立刻在马赛下船，兼程赶回家来。不过，这话你可别对母亲说——她老装出一副没什么大不了的样子，想让你在她出院之后再到家。她逼医生答应一星期后就让她出院。

我为沃尔特的不幸深感悲痛。想必你一定熬过了一段极其艰难的日子，亲爱的。我引颈期盼，盼你早日归来。你我一起生孩子，该多有意思啊！你我可以手握着手，相互勉励。

最爱你的多丽丝

凯蒂陷入思索，站在甲板上沉吟良久。她记忆中的母亲从来都是生气勃勃，做事雷厉风行，见别人有病就有点儿不屑，而今自己却得了病，这叫她难以想象。正遐想时，一位乘务员走过来递给她一封电报，上书：

我怀着沉痛的心情告诉你：你的母亲于今天早上去世了。——父亲

第七十九章

凯蒂来到哈林顿公园的家中，按响了门铃。仆人说她父亲在书房，于是她便走过去轻轻推开了门。父亲坐在火炉边，在看最新一期的晚报，抬头见她走进门来，便放下报纸，不安地跳起身说："啊，凯蒂，我以为你会搭下一趟火车回来呢。"

"我觉得还是不要让你去接我的好，也就没打电报说我会在什么时候到达。"

他侧过脸颊让她亲，那姿势她记忆犹新。

"这两天我一直没有看报，"他说，"刚才只是随便看看。"

她看得出父亲的心思，知道他想为自己已经投入到日常生活中做一些解释。

"是啊，"她说，"你肯定累坏了。恐怕母亲的死对你是个很大的打击。"与上次见到他时相比，他更显衰老、单薄，身材瘦小干枯，脸上布满皱纹，一举一动却一如从前。

"医生说她病情严重，已无药可救。她患病一年多了，却怎么也不肯就医。医生跟我说，她肯定经常感到疼痛，竟然能忍受下来，简直是个奇迹。"

"难道她从来没说过自己感到疼痛吗？"

"她说过不太舒服，但从来没说过哪里痛。"他想了想，看着凯蒂说道，"你风尘仆仆赶回来，一定很累吧？"

“不太累。”

“你想上楼去看看她吗？”

“她在这儿？”

“是的，从医院送回家来了。”

“好，我现在就去。”

“想让我陪你一起去吗？”

父亲的语气有些异样，这使得她不禁瞥了他一眼。而他稍稍扭过脸去，不想让她看见自己的眼睛。近年来，凯蒂掌握了一种独特的本领，那就是解读他人的心思。毕竟跟丈夫在一起生活久了，她日复一日地运用自己的感知力，结果从他的只言片语或下意识的动作中便能揣测出他的心思。所以这当儿她立刻就猜出了父亲想向她掩饰什么——他如释重负，觉得自己彻底解脱了，而这念头叫他害怕。差不多有三十年了，他一直是个忠诚的好丈夫，从未说过一句贬损妻子的话，现在本应该哀悼她才对！妻子生前，他对她言听计从，而今妻子离开人世，他应该感到悲伤——哪怕一个眨眼、一个细小的举动暴露出他内心真正的感受，也会叫他震惊！

“不用你陪了，我还是一个人去吧。”凯蒂说。

她来到楼上，走进那间母亲已经居住了多年的宽敞、阴冷、装饰虚华的卧室。她触目伤怀，觉得屋里那笨重的红木家具和墙上挂的模仿马库斯·斯通[①]风格的版画是那样熟悉。梳妆台上的东西摆放得整整齐齐、一丝不乱，完全按加斯廷夫人坚持了一生的规矩。卧室里摆放着鲜花，看上去跟周围的环境格格不入（加斯廷夫人要是还活着，一定会认为在她卧室里摆放鲜花是愚蠢之举，华而不实，对健康不利）。花香没能遮住那股刺鼻的霉味，就像新洗过的亚麻床单的味道，凯蒂记得这是母亲房间所特有的味道。

加斯廷夫人躺在床上，双手柔顺地交叉放在胸前——这种姿势是她生前所无法忍受的。她五官轮廓分明，尽管由于病痛脸颊凹陷，

---

① 马库斯·斯通（1840—1921）是英国著名画家。

太阳穴也塌了下去，但看上去依旧很有气度、很有威严——死亡抹去了她脸上狭隘的表情，那儿只留下了她坚毅的性格特征，使她宛若一位罗马皇后。凯蒂觉得奇怪，因为在她见过的死人里头，只有母亲看上去虽死犹生，仿佛她的肉体是灵魂的寓所——灵魂离去，寓所依旧。凯蒂感觉不到悲伤，因为她和母亲之间有太多酸楚往事，所以心中对母亲并无深厚的感情。回首儿时的情景，她深知自己之所以处于这种境地，完全是母亲一手造成。而现在看到这个曾经冷酷无情、飞扬跋扈、野心勃勃的女人一动不动、一声不响地躺在那儿，所有的谋划和算计都因为死亡而化为灰烬，她不由黯然神伤，感到些许痛心。母亲蝇营狗苟了一辈子，追名逐利了一生，其目标趣味低级、毫无价值。凯蒂觉得她升天之后，从天上看一看自己在人间走过的路，很可能会惊诧不已。

凯蒂正伤感，多丽丝走了进来，说道："我估计你会搭乘这趟火车，就觉得应该到这儿来看看。可怜的慈母离开了咱们，实在令人难过！"

她说完泪如雨下，扑进了凯蒂的怀中。凯蒂吻了吻她，心想当初母亲只因为多丽丝相貌平平、生性鲁钝，就对她不好，却将自己视为掌上明珠，于是便怀疑多丽丝如此难过是装出来的。不过，多丽丝历来重感情，此时也许是真的难过。凯蒂希望自己也能哭上几声，不然多丽丝会觉得她心肠太硬。可是，她觉得自己经历了太多人世间的冷暖，实在无法凭空装出一副痛苦的样子。

"你想去看看父亲吗？"待多丽丝突然迸发出的哀痛之情稍微减弱了一些之后，凯蒂问道。

多丽丝擦了擦眼泪。凯蒂注意到妹妹因为怀孕而垂眉低眼，穿一身黑衣，显得十分臃肿邋遢。

"不了，我就不去了，去了又得哭一场。可怜的老爹，虽然难过，但仍能坚强地忍受。"

凯蒂把妹妹送出门去，又回到了父亲那里。他站在炉火前，报纸叠得很整齐——他显然是想让她看到他没继续读报。

"该吃饭了。我觉得没必要换衣服，所以就没有换。"他说。

第八十章

父女俩一道吃了饭。加斯廷先生向凯蒂详细讲述了妻子生病和去世的经过，告诉她许多朋友都写了吊唁函。说到这里，他看了看桌子上那一大堆信函，考虑到自己需要一一写回信，煞是麻烦，便禁不住叹了口气。接下来，他又说了说有关葬礼的安排。随后，父女俩一起回到了他的书房，因为这儿是家中唯一生了炉火的地方。他机械地从壁炉台那儿取来烟斗，开始装烟丝，但心怀疑虑地朝女儿望了一眼，又把烟斗放下了。

“你不是要抽烟吗？”她问。

“我原先喜欢饭后抽袋烟，但你母亲讨厌闻烟味，所以自打一战后我就不抽了。”

他的回答让凯蒂心里一阵酸楚，觉得一个六旬老人在自己的书房里抽袋烟还怕这怕那，实在可悲。

“我喜欢闻烟味。”她笑着说。

他脸上闪过一丝宽慰的神色，再次拿起烟斗，然后点着。父女俩面对面围炉而坐。他觉得该跟凯蒂谈谈她所经历过的苦难，于是开口说道：“我想你一定收到你母亲寄到塞得港的信了。得知沃尔特的死讯后，我们两人都十分震惊。我认为他是个大好人。”

凯蒂不知该说些什么才好。

“你母亲告诉我，说你快要生孩子了。”

“是的。”

“会在什么时候？”

“大约还有四个月。”

“这对你会是一个很大的安慰。你该去看看多丽丝的孩子，那是个很棒的小家伙。”

他们说着话，但彼此间的距离比刚刚相遇的陌生人还要疏远。因为要是陌生人的话，也许还会有好奇之心，想了解对方。这一对父女感情历来淡漠，而这像一堵墙一样挡在他们中间。凯蒂深知自己从未做过能叫父亲中意的事情，而父亲本人在家中毫无地位，只被视为挣钱养家的人，由于不能给家里人提供比较奢华的生活便遭到鄙视。她曾经坚信他是爱她的，因为他是她的父亲嘛。可后来她惊愕地发现他对她丝毫没有舐犊之情。她知道家里人全都厌烦他，但从没想过他也同样厌烦她们。他还像从前一样慈祥、谦和，但她从苦难的人生中练就了一双火眼金睛，看得出他心里讨厌她，尽管他或许永远不会承认这一点。

烟斗堵塞了，他站起来想找个东西通一通——也许，他是想借此掩饰自己的不安情绪

“你母亲希望你住在这儿，直到孩子生下来，她说要把你以前的闺房收拾出来让你住。”

“这我知道，保证不会给你添麻烦的。”

“哦，这不是添不添麻烦的事。就目前的情况而言，你显然只能回娘家来住。问题在于：上级委任我为巴哈马群岛的首席大法官，我已经接受了这项委任。”

“啊，父亲，我太高兴了，真心向你表示祝贺。”

“这项委任来得太晚了，你那可怜的母亲已经看不到了，不然她会高兴坏的。”

命运真是太具讽刺意味了！加斯廷夫人为了实现自己远大的理想，生前竭尽全力，机关算尽，末了抱憾地撒手人寰，哪里知道这理想虽经一次次失望、一次次挫败，却最终实现了。

“我下个月初就要坐船启程了。这所房子自然要交到代理人的手中，家具我也打算卖掉。很遗憾，我无法让你住在这儿，不过如果你想拿哪件家具布置你的住所，我会非常愿意送给你。”

凯蒂看着炉火，一颗心狂跳起来。她感到奇怪，不明白自己怎么一下子变得六神无主了。最后，她定了定神，开口说了话，声音有些颤抖：“我不能跟你一起去吗，父亲？”

“你？哦，我亲爱的凯蒂。”他的脸沉了下来。她经常听他这样称呼自己，但觉得那不过是一句口头禅。而现在，她有生第一次目睹了这句口头禅是伴随着脸色的变化说出的——那变化太明显了，让她吃了一惊。“但是你所有的朋友都在这儿，多丽丝也在。我觉得你在伦敦租上一套房子住会更愉快。我并不太清楚你的经济状况，不过很乐意替你支付房租。”

“我的钱足够维持生活。”

“我要去一个陌生的地方，对那儿的情况一无所知。”

“我已经习惯了陌生的地方，伦敦对我已经没有任何意义，在这儿我连呼吸都感到困难。”

他闭着眼睛沉默了一会儿。她以为他就要哭了，因为他脸上是一副极度悲惨的表情，这让她心如刀绞。她的猜测是对的——妻子的去世让他如释重负，眼前的机会正好可以让他跟过去一刀两断，重获自由。熬了这么多年，他现在终于看到一种新的生活铺展在面前，心里充满了憧憬，渴望过上安宁、幸福的日子。她隐约看见三十年的折磨犹如一块大石头压在他的心上。最后，他睁开了眼睛，禁不住长叹一声说道：“当然，如果你愿意去，我会很高兴的。”

真是太可怜了——仅仅经过极短时间的思想斗争，他便屈服于自己的责任感了。他仅仅用这么一句话，就放弃了自己全部的希望。她从椅子上站起来，走到父亲面前跪下，拉起他的两只手说：“不，父亲。除非你想让我去，否则我是不会去的。你为我们做出的牺牲已经够多了，如果你想单独去，那就去吧。千万不要为我着想。”

他抽出一只手，抚摸着她漂亮的头发说：“我当然想让你去，亲爱的。我毕竟是你的父亲，再说你又成了寡妇，孤苦伶仃的。如果你想跟我在一起，我要是不同意的话就太无情了。”

“这正是问题的关键所在：我不会因为是你的女儿就强求于你，因为你什么也不欠我的。”

“唉，我亲爱的孩子。”

“什么也不欠。”她激动地重复道，“一想到我们一直都在压榨你，却从来没有任何报答，对你甚至连一点点爱都没有，我的心就沉甸甸的。恐怕你生活得并不十分快活。不知你是否愿意让我对过去的缺憾做一些弥补？”

他略微皱起眉头——她如此大动感情，让他有些窘迫。

“我不明白你的意思。我可从来没有抱怨过你。”

“哦，父亲，我经历了太多的磨难，一直都很不快活，已经不是离家时的那个凯蒂了。我固然非常脆弱，但已不再是以前的那个庸俗不堪的人了。你能给我一次机会吗？如今，我在这个世界上只有你了。难道你就不愿意让我从头做起，赢得你的爱吗？啊，父亲，我实在太孤单，命运太悲惨，太需要你的爱了。”

她把脸贴在他的膝盖上大哭起来，仿佛心都碎了。

“啊，我的凯蒂，我的小凯蒂呀。”他喃喃低语着。

她仰起头，伸出胳膊搂住他的脖子说：“啊，父亲，对我好一点吧，让咱们相依为命吧。”

他亲吻她，像恋人那样吻在嘴唇上，而他的脸已被她的泪水打湿。

“你当然可以跟我一起去。”

“你想让我去？你真心想让我去？”

“是的。”

“谢谢，太感谢你了。”

“唉，我亲爱的，不要跟我这样说话，这让我觉得非常别扭。”

他掏出手帕擦去她的眼泪，微笑起来——那笑容很灿烂，是她前所未见的，感动得她再次伸出胳膊搂住了他的脖子。

“咱们以后会非常幸福的，亲爱的父亲。你都不知道你我父女在一起会有怎样的天伦之乐。”

“你该不会忘记你就要生孩子了。”

“我很高兴她出生时能听得见那阵阵的海涛声，看得见那一望无际的蓝天白云。”

“你敢肯定要生个女孩吗？”他喃喃地说，脸上带着那种干巴巴的微笑。

“我想要个女孩，一手抚养她长大，不让她犯我犯过的那些错误。回想自己的少女时代，我悔恨不已，可又无奈，因为我没有别的选择。至于我的女儿，我一定要精心培养她的自由的意识，让她靠自己的力量独立于世。我把她带到这个世界上，关爱她，抚养她长大，可不是为了让她嫁个男人，靠男人提供衣食，苟延残喘一生。”

她察觉到父亲惊呆了。老人家从来没有听过这样的话，现在却从女儿嘴里说出来，哪能不震惊。

“现在就让我坦率一些，说说心里话吧，父亲。我向来愚蠢、无德、令人憎恨，已经受到了严酷的惩罚。我无论如何也不能让我的女儿重蹈覆辙，只一心想让她做一个勇敢无畏的正人君子，做一个有主见、独立自主，而非仰仗别人鼻息生活的人，想让她生活得比我好。”

“哎呀，亲爱的，你说这话就像是个五十岁的老人。你以后的日子还长着呢，不该这么灰心丧气。”

凯蒂摇摇头，慢慢露出了笑容，说道：“我不会灰心的。对未来我有希望，也有信心。”

逝者已魂归天堂，过去的事情已成为往事。这样想是不是太冷酷无情了？她多么希望自己学会了同情他人，学会了以仁爱之心待人！前程扑朔迷离，但她觉得身上有一种力量，能够怀着轻松愉快的心情面对未来。正遐想之际，她不知怎么突然不由自主地回忆起了她和可怜的沃尔特抵达那座瘟疫肆虐的城市时的情景（沃尔特正是在那里丢掉了性命）。

那天清晨，天还黑着他们就乘坐滑竿朝那儿进发。天亮时，她看到，或者不如说她感觉到有一幅摄人心魄的美景出现在了眼前，顿时减轻了她心里的愁苦，让尘世间的所有磨难都显得无关紧要了。旭日东升，驱散了雾霭，但见脚下的小径蜿蜒曲折，延伸向目所不及的远方，穿过稻田，越过一条小河，一路翻山越岭。那是一条通向未来的道路，只要能沿着这条道路走下去，她以往的过失、蠢行和苦难就不能说一概无益。此刻，那条路出现在眼前，依稀可辨——那不是滑稽可爱的沃丁顿所说的若有若无的虚无之道，而是修道院那些可敬的修女们一步一个脚印所走的道路，一条通往内心安宁的道路。

图书在版编目（CIP）数据

面纱 /（英）威廉·萨默塞特·毛姆著；（当代）方华文译 . -- 南京 : 江苏凤凰文艺出版社 , 2021.6
ISBN 978-7-5594-5684-7

Ⅰ . ①面… Ⅱ . ①威… ②方… Ⅲ . ①长篇小说 – 英国 – 现代 Ⅳ . ① I561.45

中国版本图书馆 CIP 数据核字 (2021) 第 029436 号

面纱

[英] 威廉·萨默塞特·毛姆 著　方华文 译

责任编辑　王昕宁
特约编辑　荀新月　刘玉瑶
装帧设计　末末美书
责任印制　刘　巍
出版发行　江苏凤凰文艺出版社
　　　　　南京市中央路 165 号，邮编：210009
网　　址　http://www.jswenyi.com
印　　刷　北京永顺兴望印刷厂
开　　本　880 毫米 ×1230 毫米 1/32
印　　张　8
字　　数　216 千字
版　　次　2021 年 6 月第 1 版
印　　次　2021 年 6 月第 1 次印刷
书　　号　ISBN 978-7-5594-5684-7
定　　价　39.80 元